大富豪の完璧な花嫁選び

アビー・グリーン 作
加納亜依 訳

ハーレクイン・ロマンス
東京・ロンドン・トロント・パリ・ニューヨーク・アムステルダム
ハンブルク・ストックホルム・ミラノ・シドニー・マドリッド・ワルシャワ
ブダペスト・リオデジャネイロ・ルクセンブルク・フリブール・ムンバイ

ON HIS BRIDE'S TERMS

by Abby Green

Published by Harlequin Japan,
a Division of K.K. HarperCollins Japan, 2025

アビー・グリーン

ロンドンに生まれ、幼少時にアイルランドに移住。10 代のころに祖母の愛読していたハーレクインのロマンス小説に夢中になり、宿題を早急に片づけて読書する時間を捻出していた。短編映画のアシスタント・ディレクターという職を得るが、多忙な毎日の中でもハーレクインの小説への熱はますます募り、ある日辞職して、小説を書きはじめた。

主要登場人物

フェイ・マッケンジー……美術商。
マーク……フェイのアシスタント。
プリモ・ホルト……ホルト・インダストリーズCEO。
クウィンターノ……プリモの異父弟。愛称クウィン。
セイディ……クウィンの妻。
ソル、ステラ、ルナ……クウィンとセイディの子供たち。
ララ・ロペス……ポルトガル人アーティスト。

プロローグ

　彼女は部屋一番の注目の的ではなかったが、それはもっぱら彼女が落ち着いた気品ある装いで、ほかの女性たちとは違って、注目を集めようとして着飾っていないためだった。にもかかわらず、彼女にはひどく人を惹《ひ》きつける何かがあった。彼女は間違いなく美しい。だが、プリモ・ホルトは遠くから見て判断していたと認めざるをえない。フェイ・マッケンジーとは面識がなく、間近で見たこともなかった。二人の世界が定期的に交差していたにもかかわらず。だがすぐにでも、はるかにもっと個人的なレベルで親交を深めるようになる。なぜならプリモは彼女に結婚を申し込むつもりなのだから。

　いずれは結婚せねばならないとわかっていた——北米でも指折りの名家の子孫として逃れられない義務だと——いつまでも結婚せずにいると、タブロイド紙に取りあげられ、私生活について要らぬ臆測を招いて、ビジネスの信用にもかかわる。私生活が問題になり始めている以上、そろそろ現実に目を向けるときだった。

　フェイ・マッケンジーは、側近たちが慎重に選んだリストの中からさらに絞り込んだ、完璧な結婚相手だった。非の打ちどころのない家柄で、プリモの一族と同じだけアメリカ史をさかのぼれる。彼の先祖はメイフラワー号でやってきたと言われている。

　彼女がスコットランド系なのは名前だけでなく、肌の色からも明らかだ。色白の肌で——休暇ごとにエキゾチックな土地で過ごしているとわかる、黄金色の肌ばかりの社交界では珍しい。黒髪がむき出しの肩の上で絹のように波打ち、クラシックなストラップレスの黒いドレスが、世界的なトップデザイナーだけが作り出せるシンプルさで、スリムな曲線を包み込んでいる。ジュエリーは控えめだが印象的で、間違いなく一族の銀行の金庫室にあったものだ。

離婚経験者だが、プリモは気にしない。若くして結婚し、若くして離婚した。子供もいない。それを除けば、不都合は何もない。三十歳で、彼は三十五歳。彼女は経験もあり成熟している。さらに願ってもないことに自立している。仕事を持っていて、評価の高い美術商だった。美術史の学位を持ち、美術品のビジネスを専門とする修士号も持っている。

プリモには彼におびえたり、彼の世界に不慣れな妻を受け入れている暇はなかった。この結婚に向けて本格的に動き始める必要がある――さらに重要なのは、彼がフェイ・マッケンジーにどうアピールすれば同意が得られるか、わかっていることだった。

1

「お父上はいかがですか？　しばらくお目にかかっていませんが、話はいろいろと聞いています……」

フェイ・マッケンジーは、避ける間もなく取り囲まれたこの男性とその仲間たちを前に、何とか明るい笑みを浮かべた。フェイはよくわかっていた。彼らは心配そうに質問し、おざなりな気遣いを見せはするが、その下では、すべてがうまくいかず、フェイの父親の命が尽きかけ、彼自身の亡父の跡を継いで四十年前から務めてきた、マッケンジー・エンタープライズの役員から退く気配を探っているのだと。

「皆さんのお気遣いは伝えておきます。父はいたって元気です――実際、これ以上ないくらい。皆さんが耳にされていることについては……私はその辺の事情に疎いので、どうか無知をお許しください。では、この辺で、まだお話ししたい方がいますので」

群がるハゲタカたちの間をすり抜けると、フェイの笑みは消え、唇を結んで歯を食いしばった。通りかかったウエイターのトレイからシャンパンのグラスを取ると、会場の隅の観葉植物の葉陰に身を潜め、ひと息つく。そして、すべてがうまくいっていない事実を噛《か》みしめた。今夜マンハッタンの中心で催されたこの行事に来て、フェイと父親の懸念が正しかったと証明された。やはり人々の噂《うわさ》になっている。

フェイはシャンパンをひと口飲み、神経が静まってくれるのを願った。微風が肌をかすめ、背後を振り返るとテラスに出るドアが開いていた。新鮮な空気がありがたかった。フェイは外に出て壁際に立ち、しばらく頭を後ろにもたせかけて目を閉じた。混み合う会場から聞こえてくる背後の物音が――クラシック音楽をBGMに人々が談笑し、ゴシップに興じる声が遠ざかり、はるかに下の街の騒音に変わっていく。サイレンに、車のクラクションの音だ。

フェイは今実家にいて、仕事で出張しないときはいつも、ニューヨーク州北部のウエストチェスター郡にある家で父と過ごしているので、気分転換に街に出てくるのを楽しんでいた。でも今夜は街の物音に癒やされることはなかった。耳障りだった。なぜならフェイは家に帰り、父親の最悪の懸念が確かめられたと告げねばならないからだ。

フェイは再び頭を後ろに倒すと、目を開いて、マンハッタンのきらめく街並みに見るともなしに視線を向けた。いらだちに不安が入り混じって再び胸の内で渦巻いた。なぜ父はこうも愚かだったのか――。

「パーティがつまらないのか？　無理もない」

フェイはじっと身をこわばらせ、奇妙な思いにとらわれた――誰に話しかけられたのかわかったからだ。間近に顔を合わせたわけでもないのに。さっき会場の向こうに彼を見かけた――見間違うはずがない。頭と肩がほかの誰より抜きん出ていて、たじろいでしまうほど簡単に胸の鼓動が高鳴った。そう、フェイはたじろいでいた。この世で最も裕福でゴージャスな男性に、まるで社交界デビューしたての無垢《む く》な娘みたいに簡単に心を動かされるなんて、あまりにもありふれた話だったからだ。

フェイはもう無垢な娘ではない。

大きく息を吸って、そばに立ってフェイを見つめる男性に向き直った。フェイは見あげねばならず、男性は優に三十センチ近く背が高かった。フェイも小柄ではなかったが、間近で見る彼ははるかに長身で肩幅も広く、フェイは肌が熱くなった。彼はがっしりしていて、筋骨たくましかった。

男性が片手を差し出した。「プリモ・ホルトだ。こうしてちゃんと話したことはないと思うが」

フェイは声をあげて笑いたくなった。彼が誰だか知らない女は息をしていないも同然だろう。なのにあまりのショックで声もあげられず、これはどっきりカメラか何かで、どこかにフェイの反応を撮っているクルーがいないか周囲を見まわしたくなった。フェイはプリモと同じ世界の住人かもしれないが、食物連鎖の序列でははるかに下のほうにいた。

フェイは自分も手を差し出したが、触れ合う直前、この瞬間に人生が永遠に変わってしまいそうな奇妙な感覚に見舞われた。そんな突拍子もない考えを一笑に付す間もなく、彼がフェイの手を握り、強力な電流にも似た衝撃に血が熱くなり、肌が粟立《あわ》った。

フェイははっと息をのんだ。プリモもまた感じるものがあったらしく、目がかすかに見開かれたのがわかった。美しい瞳だった。青く、まっすぐ射抜くように鋭く、日焼けした肌と見事な顔立ちの中で際立っている。髪は豊かな濃い金色で、広い額から後ろになでつけられていた。とてつもなくゴージャスで――まるで神が、この男性が生まれながらに持つ、信じられないほどの富と財産よりもさらに多くのものを彼に与えたかのようだった。

それでもどんな美しさも、強面《こわもて》の顎の線と、はっきり感じられる圧倒的な力強さのせいで半減していた。ほとんどの男性が生まれ持つ特権のせいで軟弱になるこの世界で、彼はとてつもなく男らしかった。

フェイは頭を必死で働かせ、どうにか言った。

「フェイ・マッケンジーよ」

プリモはフェイの手を放す前に、わずかに力をこめた。「ああ、きみが誰かは知っている」

フェイは本能的に自分の手を胸に押しあて、ほとんど抱きしめるように、手に残る彼の感触をできるだけ長くとどめようとした。私はいったいどうしてしまったの？　フェイはぼんやり考えた。まるでスターに会って感動している熱狂的なファンみたいだ。

「私に何かご用かしら？」

彼は眉をかすかにひそめ、口元をゆがめた。それだけでフェイの注意は引きつけられた。胃が急降下してもんどり打った。ああ、助けて。彼の口元はどうしようもなく罪深い。彫りが深くて厚みがあり、力強い。彼がフェイに笑いかけ、歯並びのよい白い歯を見せた。文字どおり、人間の姿をした天使のようだ。でも幸運を知らせる天使ではない……。フェイはとてつもない混乱に見舞われそうな予感がした。

フェイは視線を戻した。彼にあまりにも心が翻弄され、正気も理性も失いそうなのにいらだち、ここは気持ちを引き締め――この男性の存在で不安にさらされないように身構えた。「面白がってるの？」

プリモは口元を引きしめたが、目はまだきらめいていた。「とんでもない。実は、きみに助けてほしいことがあるんだ」

「それはちょっと信じられないわね」

プリモは平然とフェイの脇の壁に寄りかかった。彼のレーザー光線のような鋭い視線にさらされると、いたたまれなくなる。フェイは自分がパーティのほかの女性客の半分も着飾っていない事実を強く意識した。もっと入念に化粧をしてくればよかった。

「なぜだい？」彼は尋ねた。「きみは世界でも有数の美術の専門家じゃないのか？」

フェイは内心驚いた。私の職業を知ってるの？彼の褒め言葉に喜びでかすかに体が震えた。「それほどでもないわ。確かに、私の専門分野だけど」

「きみについて調べた。顧客満足度リストはすばらしいし、この十年で最大級の取引もまとめている」

フェイは気恥ずかしさに、かすかにうつむいた。

「情熱があれば、何だって生業《なりわい》にできるわ」

「確かに、情熱があれば物事はもっと面白くなる」

フェイは彼を見た。私を……誘っているの？　顔の表情までは読めないが、目がきらめいている。裸で手足を絡ませるフェイとこの男性の刺激的な光景が止める間もなく頭に浮かんだ。フェイはさらにあわてて、息が苦しくなった。男性にこんなにまでも深く瞬時に体が反応したことはなかった。

言うことを聞かないフェイの想像力になど、明らかに気づかない様子で、プリモは背後のパーティ会場にちらりと目を向け、フェイに視線を戻した。

「僕と飲みに行かないかと誘ったら、どうする？」

フェイは鼓動の激しさに、一瞬めまいがした。プリモ・ホルトが、世界で最も結婚相手にふさわしい独身男性が、本当に私を誘っているの？

「ここじゃない」彼がさらに言う。「どこか近場で、専門家のきみの意見が聞きたいんだが」

めまいが引いていった。これはデートではない。仕事がらみだった。彼の言葉がどんなに自堕落で不道徳に聞こえても、彼のせいではない。それでも、フェイの中の手に負えない小さな心の一部が言っていた。もし完全に仕事がらみなら、彼はオフィスで、あるいは勤務時間中に会いたいと頼むはずだと。こんな夜の遅い時間ではなく。飲みにも誘わずに。

でも、これが彼の仕事のやり方なのかもしれない。フェイには知るよしもなかったが。彼は仕事でも私生活でも慎重なので知られていて、臆測が飛び交うほど女性とは長くつき合わず、一緒に写真に撮られた女性も皆、彼とのつき合いには慎重だった。

「何か話があって飲みに行くのよね？」そう確認する必要があるかのように言う。

彼はうなずいた。「パーティに残る必要があるなら、別の機会にしてもいい」

フェイは美術品の業界で、誰かが彼と仕事の話をすると言っていなかったか記憶をたどったが、思い出せなかった。もしプリモ・ホルトがフェイと仕事がしたいのなら、それはフェイにとって大きな業績となるだろう。彼の一族はあまり人目にふれない膨大な美術品のコレクションを個人で所有している。もしフェイが彼を説得してその公開にこぎつけ、作品のいくつかをギャラリーに貸し出せば、それだけで大成功を収めるだろう。

「いいえ、もう帰っても大丈夫よ」だからフェイはそう言いながら、これは純粋に好奇心からで、有望な仕事上のつながりを求めてのことだと自分に言い聞かせていた。決して彼がこれまで間近で見た中で最も美しい男性だからなどではないと。

プリモはもうポケットから携帯電話を取り出していた。「よかった。運転手に待機しているよう言っておく。十分後にロビーで会おう。僕はパーティの主催者に別れの挨拶をしないといけないから」

フェイは人々がプリモに道をあけ、彼をあがめる信者のように再びその背後に集まるのを見ていた。みんながフェイを見てささやき合っている。突然、フェイは逃げ出したくなった。クロークへと急ぐと、ドレスに合った、袖つきのゆったりしたケープ風のジャケットを受け取り、さっと羽織った。ロビーにたどり着くと、彼が心変わりをしたのか、正気に戻ったのか、などと心配する暇もなかった。プリモが丈の長いコートに身を包んで待っていたからだ。

プリモがフェイに目をとめ、彼のほうに歩いてくるのを見守っている。フェイは顔から突っ伏したりしないよう必死で、どうにか転ばずにすんだ。プリモがフェイに片手を差し出し、彼の先へと導く。フェイは外に出て階段をおり、窓が薄い着色ガラスの洗練されたSUV車の後部座席に案内された。

早春の空気はまだ寒々としていたが、フェイの肌が粟立つのはそのせいではなかった。プリモが後部座席に身をすべらせてきて並んで座り、運転手に指示を出したからだ。運転手がうなずいて車を出し、マンハッタンの夜の車の流れにすんなり乗り入れた。

フェイはまだ呆然《ぼうぜん》として何も言えなかった。プリモ・ホルトの車の後部座席に身を置いて、街中を走っているのが信じられない。「誰にも邪魔されずに飲めるクラブがあるんだが、そこでいいかな?」

フェイは後部座席の隣の大柄な男性に目を向けた。さわやかで、まぎれもない男性的な香りがした。フェイはうなずいた。「いいわね」

車はほどなく、目立たない建物の前で止まった。フェイは道中、彼がつまらない話題を持ち出して時間を埋めようとしなかった事実に好感を持った。

運転手が車のドアを開け、フェイは降りた。プリモが再び手を差し出し、先に立って店先の日よけの下までフェイを導いた。近づいていくと、まるで魔法のようにドアが開いた。プリモが流暢《りゅうちょう》なフランス語でドア口のスーツ姿の男性に話しかけるのが聞こえた。「マルセル、こちらはフェイ・マッケンジーだ。少し飲みたいんだが――きみは食事は?」

フェイは首を振った。この男性と一緒に食事をするかと思うと、それだけで胃がこわばった。「いいえ、飲み物だけでいいわ」

コート類を預けると、フェイはここが会員制のクラブで、ゲストハウスなのだろうと推測した。贅《ぜい》を尽くした装飾で、柔らかな絨毯《じゅうたん》に、落ち着いた色調で手描きの壁紙、バーへの入り口には豪華な厚手のカーテンが引かれている。部屋には薄暗いブースにテーブルがあり、フェイにも見覚えのある有名人たちが少なくとも二、三人は座っていた。

二人はバーのそばの一番奥まったブースに案内された。人目につかず、部屋全体が見渡せる。フェイが腰をおろし、プリモが反対側にすべり込んだ。

抑えたBGMが低い談笑の声に混じって流れている。退廃的でひどく贅沢で、妖しい魅力を秘めている。プリモ・ホルトがここで逢瀬《おうせ》を重ねているなら、私生活が謎に包まれていても不思議ではなかった。

フェイは柔らかな照明の下で顔が熱くなった。これが男女の逢瀬だというの？　私はいつから男性の注目を集めたがっていたのだろう。最初の、そしてただ一度の結婚で、ずっと昔に火傷《やけど》を負ったはずなのに。以来、独立心を何よりかけがえのないものと考えて、自力で人生を切り開いてきた。

長い間、男性のあとについていく必要など感じなかったのに、何のためらいもなく彼の誘いに乗ってしまったのだと、フェイは今さらながらに気づいた。まるで頭がまったく働かず、体の命令に従ってしまったかのようだ。あくまで仕事上の興味からだと言い聞かせることもできたが、それは真実でないと自分でもわかっていた。ウエイターがテーブルに近づいてきた。プリモはフェイを見た。「何にする？」

「クラシック・ドライ・マティーニを――それと水をお願い」フェイはアルコールが必要だと感じたが、同時に頭をはっきりさせておきたかった。

プリモはウイスキーを注文した。

ウエイターが立ち去ると、フェイはあえてプリモ・ホルトに目を向けた。たとえそれが日の光に直接目を向けるようであっても。フェイの頭の中はまっ白で、落ち着かなかった。VIPと話すことに慣れていないわけではないのに。

フェイの思いをくみ取ったかのように、プリモは言った。「イギリス王室の一員と噂される顧客のために、きみがピカソの絵画取引の交渉にあたったと報告書で読んだ」

フェイはほんの少しだが誇らしい気持ちになった。あれは画期的な取引だった。頭を傾けて彼女は言った。「ピカソの真作だと確認できたけれど、依頼主が誰かについては……コメントはさし控えるわ」

「よけいなことは言わず、慎重に行動できる人物か。いいことだ」フェイは今、体の震え以上のものを感じていた。彼は単にプロとして口を慎むことについて言っているのではない。プリモ・ホルトは王族でさえ自分と同等に見ようとしている。

彼はボウタイに手を伸ばし、顔をしかめて言った。「気にならないか？　こういういまいましいものには、いつも首を絞められている気がする」

フェイは首を振り、返す言葉もなく彼を見ていた。長い指がボウタイを解き、第一ボタンを外して、力強いブロンズ色の喉元をのぞかせる。それがフェイの記憶を呼び起こした。彼の母親はブラジル人のスーパーモデルではなかっただろうか。

彼はグラスを掲げて言った。「乾杯」

フェイは周囲を見まわした。彼女の飲み物がテーブルに、エンボス加工が施されたコースターの上にあった。ウエイターが戻っていたのにも気づかなかった。プリモ・ホルトを見つめてばかりいたせいだ。

フェイはグラスを持ちあげ、プリモのグラスに触れ合わせた。「乾杯」と応じてひと口飲み、アルコールがわずかに喉を焼く感触を楽しんだ。「あなたに同伴者がいないのには驚いたわ」

彼がグラスを置き、首を振る。「あそこには独りで行った。今は誰ともつき合ってない。きみは？」

彼の率直な問いかけにフェイは驚いた。それでも、彼女はそれが気に入った。フェイは首を振った。

「いいえ、今は誰ともつき合ってないわ」

ずっと前から。でも彼がそれを知る必要はない。

フェイは彼が最後に誰とつき合っていたか思い出そうとした。いつも近寄りがたいほど美しく、洗練された女性を選んでいるようだった。フェイは明らかに何年もの間、無意識に彼に注目していたようだ。

「これまで一度も顔を合わせたことがないのが不思議だな」彼が指摘する。「何年も、多くの同じような催し物に顔を出しているのに」

フェイは苦笑いを噛み殺した。「そうかもしれないけど、私たちは……レベルが違うわ」

「きみの姓は僕の姓と同じくらい古くからある」

フェイは肩をすくめた。「それでも、マッケンジー・エンタープライズはホルト・インダストリーズに比べれば、取るに足りない雑魚《ざこ》みたいなものよ」

「小さいかもしれないが、ちゃんと成功している。ところで、お父上は元気なのか？　いつもとても尊敬している。歯に衣《きぬ》着せない、率直な人だから」

フェイは尾を引く不安を押しやった。「父は元気よ。動作はゆっくりでも自分でちゃんと動けるわ」

フェイの父は数年前に交通事故で脚を負傷し、今は車椅子か歩行器に頼らざるをえなくなっている。

「きみとお父上の二人暮らしか？」

フェイはうなずいた。この話はどこにつながっていくのだろう。「ええ、私は一人っ子で、十代のとき母を亡くしたの」

「お気の毒に……若くして母親を亡くしたんだな」

フェイはかすかに肩をすくめた。「父と私は互いに支え合ってきたのよ」

「父上は再婚しなかったのか?」

フェイは首を振った。「しなかったわ。母を熱愛し、語りぐさになるほどの……恋愛結婚だったの」

「きみは運がいい。僕の両親は絶対に恋愛結婚じゃないし、父は決して父親タイプではなかった」

「お二人は離婚したのよね」

プリモはうなずいた。「僕がごく幼いころに。母はある日、家を出ていって、二度と戻ってこなかった。以来、たまにしか会っていない」

フェイは息をのんだ。人生で間違いなくトラウマになりそうな出来事をプリモは簡単に明かしている。

「つらかったわね」

プリモは気にかけていないようだった。「もう遠い昔のことだ。過去にばかりこだわるのは好きじゃない。前に進めなくなってしまう」

フェイはヒントを得た。とにかく前に進むことだ。

この率直なやりとりに勇気づけられて、フェイは言った。「今はあなたがファミリービジネスを取り仕切っていると、記事で読んだけど」

「父は遺産の相続にはまったく無関心で、自分の仕事をやり終えると、早々に引退してしまった」プリモの口元が少しゆがんだ。「僕の一族では後継者の問題はなかった」

フェイは眉をひそめた。「ご兄弟がいたのではなくて?」ぼんやりとだが覚えている。数年前、ファミリービジネスから身を引いて立ち去ったはずだ。

「ああ、クウィンターノだ。だが彼はビジネスには興味を示さず――僕たちの父親が彼の実父でないと知ると、なおさら興味をなくした」

フェイは話には聞いていたが、どこまで本当かわからずにいた。「彼はここには住んでいないの?」

「ああ、妻と息子とでブラジルに住んでいる。数カ月前に双子の女の子が生まれたそうだ」

フェイは下腹部がきつく締めつけられる、いつもの痛みを感じた。さまざまな感情に、自分が受けた痛みの記憶が混じり合っている。「よく会うの？」

プリモの顔に影が差した。今夜初めて見る表情だ。

「いや」彼はグラスを持ちあげ、ひと口飲んだ。

フェイはかすかにめまいがした。初めて話す者同士にしては、ひどく個人的な話題に踏み込んでいる。これはデートだというささやかな幻想に我を忘れているのではないかと怖くなり、フェイは言った。

「飲みに誘ってくれてうれしいけど……あなたは専門家の意見が聞きたかったんじゃないの？」

驚いたことに、プリモは急にきまり悪げな顔をした――彼もそんな表情を見せるのだとすればだが。

「専門家のきみの意見に興味があるとは認めるが、僕がきみにここに来てもらった一番の理由は、もっと個人的なことについてなんだ」

今、彼の瞳が強い興味を示してきらめいたのは間違いなかった。フェイの心臓がゆっくりと打った。

「そうなの？」フェイは尋ねずにいられなかった。「きいてもいいかしら……どうして私なの？」

なぜあのパーティに来ていた、もっと若くて美しい女性たちの一人ではなく？　彼女たちはにやにや笑みを浮かべ、セクシーに唇をとがらせて、金持ちで権力者の新しいボーイフレンドを漁《あさ》っていたのに。

彼はフェイを見た。「きみはとても美しい人だ」

フェイはそんな言葉に、まるで無垢な女の子のように心臓の鼓動が速くなるのが気に入らなかった。この種のゲームを楽しむには年を取りすぎているし、これまでのプリモの印象からして、彼がゲームのプレイヤーとも思えなかった。フェイは目を細めた。

「お褒めの言葉をありがとう。でも二人ともわかっていると思うけど、あなたはここに私なんかより、はるかに若い女性と座っていられる人でしょうに」

プリモはゆっくりと首を振って言った。「それどころか、僕は自己紹介をする前から、きみを飲みに誘いたいと思っていた」

プリモは、フェイがわずかに体をこわばらせ、身を引いたのがわかった。「それはどういう意味？」

「最初からきみと話したいと思っていたってことさ。きみに会うつもりでいた」プリモは本能的に、この女性とつき合うには、まず手の内を明かすことだとわかっていた。フェイは駆け引きを好まない。「単純なことだ。僕との結婚を考えてほしいんだ」

その見事な瞳が見開かれ、プリモはフェイのまつげの長さに気づいた。ショックのあまり、彼女の頰から赤みが消えている。フェイは弱々しく言った。

「今私が聞いたのは……」最後まで言葉が続かない。

「僕がきみにプロポーズをしたのかときいているのか？　ああ、そのとおりだ」

2

翌日、フェイは実家の応接間を歩きまわっていた。昨夜は一睡もしていない。頭の中は疑念と降ってわいたこの事態と……衝撃でいっぱいだった。

プリモ・ホルトはフェイをだまして飲みに誘った。フェイの怒りと屈辱はまださめなかった。

しかも、フェイに結婚を迫った。

フェイは足を止め、彼がバーに引きとめようとしたのを思い出した。それでもフェイは帰ると言って聞かなかった。フェイの去り際に彼は言った。〝ひどくあからさまな言い方をしたのは僕の間違いだったのかもしれないが、きみに会って話せばこのプロポーズにもっと感謝してもらえると思ったんだが〟

感謝ですって？　フェイはウエストチェスターの実家への帰途、自問した。プリモはフェイを運転手に送らせると言い張り、結局、フェイはその申し出を受け入れた。わざわざ誘って結婚をジョークにしてからかったのだから、それくらい当然だと思った。

だが、ジョークなどではなかった。

彼はいたって真剣で、初めからそのつもりだったのだ。なのにフェイは彼の口元を物欲しげに見つめていた。思い出しただけで頬が熱くなる。そして今朝、プリモがフェイの父親との打ち合わせに家を訪れるまで、彼の計画の全容すら知らなかった。

あの出会いは事前に仕組まれていたのだ。

心までもてあそばれた気がして、フェイは内心怒りで煮えくり返った。プリモ・ホルトはフェイに好意を抱いて、彼女を飲みに誘ったのだと信じていた。

だがそれはまったくの見せかけだった。プリモは父と会う前にフェイを間近で見て確かめようとしただけだ。フェイにはそれがどういうことかはっきりわかった。なぜなら昨夜、あの男たちがほのめかしていたように、フェイの父は今弱い立場にいて、プリモ・ホルトは自分の意図をはっきり示そうとしたのだ。マッケンジー・エンタープライズを乗っ取ると。

フェイは自分をののしった。どうして何も気づかずにいたのだろう。世間知らずでもないのに。確かにフェイは、ほかのどんな女性たちよりもよくわきまえている。この世界がどんなふうで、そこに住む誰もが商品として価値を問われるのを。フェイは最初の結婚でその教訓を学んだ。なぜならフェイが不要品だとわかるとすぐ、夫は彼女を切り捨てたのだから。結婚して一年も経《た》たないうちに。

フェイはそんな個人的な記憶にはかまわず、再びプリモ・ホルトへの怒りに集中した。フェイはたくましい体と、美しい――目を見張るほど美しい――顔に気を取られてしまい、結局、自分は社交界デビューしたてのはにかみ屋の女の子と同じくらい、弱くて、感化されやすいのだとわかった。

プリモはフェイの中に眠っていた炎を呼び覚ました。結婚でひどい火傷《やけど》を負って以来、ずっとうもれていた炎だ。フェイが明らかにこれまで感じたことのない、夫にさえ感じたことのない炎だった。

ドアに軽いノックの音がして、フェイは緊張した。

「どうぞ」

ドア口に、家政婦のメアリーが現れた。「ミスター・ホルトがお父さまとの面会を終えられました。お帰りになる前にお会いしたいそうですが」

そうでしょうとも。

フェイはすねて会いたくないと言おうとしたが、それはできないとわかっていた。これは昨夜のあの屈辱的なデートより、はるかに大きな出来事なのだ。

「もちろんよ。どうぞ中に入ってもらって」

彼が入ってくると、フェイは胸の上で腕を組んだ。

その日、彼が父を訪ねてくることになっていると知ったフェイは、注文仕立てのパンツにシルクのシャツで、ボタンを上までとめて細心の注意を払った。髪は後ろに丸くまとめた。どんなふうにでも彼に好意を寄せているような印象を与えるのはいやだった。

「昨夜はなぜ、あんなお芝居をしたの？　父と会う約束があるとなぜ言ってくれなかったの？」

プリモは首を振った。「芝居じゃない。きみに直接会っておきたかったんだ」

フェイは片眉をあげた。「それで？　計画を実行に移す前に、ちょっと冷やかしに会っておこうとしたの？　父の今の難局につけ込もうというわけね」

彼が答える前に、フェイは言った。「あなたは昨夜、父の身を案じるふりをしていた、あそこにいたほかのハゲタカどもと変わらない。もっとずる賢いわ」

プリモは顔をしかめた。「僕は当然のことをしたまでだ」もとの表情に戻って言う。「きみのお父さんは尊敬しているし、きみの一族が築きあげたビジネスも尊敬している。本当はお父さんに会うつもりでいた。だが、たまたま僕にも妻が必要になってね。お父さんと話す前に特にきみと会うつもりはなかったんだが、昨夜のパーティにきみが招待されていると知って、この機会を逃すのは惜しいと思った」

こんな話を聞いてもフェイの屈辱は増すばかりだった――彼への自分の反応を思い出すとよけいに。

「私に会ったあとで、私がプロポーズする相手ではないと判断したら、どうするつもりだったの？」

彼は広い肩を片方わずかにすくめた。「お父さんとの話は進めても、妻はよそで探すつもりだった」

フェイの笑みがこわばった。「どんなふうなら都合がいいの、私の何が……あなたにふさわしいと思えたら？」手首をあげて時計を見るふりをし、プリモに視線を戻す。「一時間くらいで？　どうして私を妻にしたいと思えるの？」

彼の顎がこわばったが、フェイは気にしなかった。すると彼が何か言う前に、思いあたることがあり、かすかに吐き気がした。「私を調べたのね？」

フェイは背を向け、部屋を行きつ戻りつし、募る言葉に頭がくらくらした。もちろん、そうに決まっている！　私はなんて愚かだったの？

フェイはまたプリモに向き直り、再び胸の上で腕を組んだ。「私たちの世界では、誰も思惑なしに行動しない。教えて、私はリストの何番め？」

顎の筋肉が再びこわばったが、プリモも無視しないだけの礼儀はわきまえていた。「きみはリストのトップだ。お父さんとの親密な関係があったから」

「私は運がよかったのね」フェイは辛辣に言った。「あなたも早く調べがついて幸運ね。でも、何のかいもなかったのは残念ね」

「願ってもない申し出を僕ならすぐに断らないが」

フェイはあいた口がふさがらなかったが、何とか言った。「あなたは信じられないほど傲慢ね」

「そうとも」あっさり認める。「僕は傲慢だ。だが、それは僕が一生懸命働いているときみがわかっているから、そう思うんじゃないのか。僕は自分の仕事をうまくやっているだけで、特権意識は別にない」

フェイが非難したのに彼があっさり受け入れたのには少し拍子抜けした。多くの人がプリモ・ホルトを傲慢だと言って非難しているところは想像できなかった。しかもそれで何事もなくすんでいるなんて。

フェイは認めたくなかったが、プリモには興味をそそられる——彼は間違っていない。常に社員と同じように懸命に働き、気に染まないことはさせないと評判だった。ホルト・インダストリーズは不動産からメディア企業にいたるまで、あらゆる会社を傘下に収めている。それはかなりの業績だった。

「それで、あなたはお得な一括取引か何か望んでるの？　そうでしょう？　妻を手に入れ、同時にマッケンジー・エンタープライズを乗っ取るつもり？」

プリモはポケットに両手を突っ込んだ。フェイは目を伏せそうになったが、思いとどまった。彼はショックを受けている。落ち着いた様子は見せていても、内心の動揺は隠せない。こんなことを感じられるのはフェイだけだろうか。「そうすればすべてが丸く収まるときみも認めるべきだ」プリモは言った。

フェイは鼻で笑った。「あなたにとってはね」

プリモの表情が急に真剣みを増した。「今、お父さんがどれだけ弱い立場にいるかわかってるのか？　何も手を打たなければ、数週間で取締役会が彼を解任するかもしれない。自社株をあんなに大量に売りに出すべきじゃなかったんだ」

フェイはまた気分が悪くなった。プリモは厳しい現実を話していた。フェイ自身も父には何度もそう言っていた。ほんの少し権限を委譲するなどという甘い言葉に負け、悪い相談役にも勧められて、思った以上に株を手放してしまったのだ。フェイは苦々しげな口調にならざるをえなかった。「私たちのためを思ってのことだと信じてほしいのね？」

「僕は嘘《うそ》はつかないし、きみにもそう言っておく。現時点で、きみときみのお父さんは僕には何の個人的な関係もない。これはよいビジネスチャンスだから、会社の利益を最優先に考えたまでだ」

〝きみは僕には何の個人的な関係もない〟

その言葉は心に響くはずのないところでフェイをとらえた。この男とはあくまで他人の関係というわけね。「あなたの言葉の言外の意味を推測すると、もし私たちが結婚したら、もっと〝個人的な関係〟が深まるってこと？　それは一族の遺産を守る責任感のためと言い換えられるのかしら？」

プリモの目が輝き、口元にかすかに笑みが浮かんだ。「そういう見方もできるな。答えはイエスだ」

フェイは目を大きく見開いた。昨夜はかわいいウサギのように見えたのが、今はあのハゲタカどものようだった。「こんなに皮肉屋で、傲慢で、あけすけな人には会ったことがない――」

プリモは片手をあげた。「頼むから、黙ってくれないか。自分がどんな人間かはよくわかっている」

プリモ・ホルトの平然とした表情に、フェイはなんとかして自制心を取り戻そうとして、尋ねた。

「なぜこれがよいビジネスチャンスだと思うの？」

彼は間髪をいれずに答えた。「きみの一族の会社は伝統あるブランドで、一八〇〇年代から建設業界で供給と経営の基盤を築き、お金では買えない名声と評判を得てきた。僕に経営権の過半数を託してくれれば、お父さんは、うまくいけば、あと二、三世代は会社を維持できる。そして、もちろんホルト・インダストリーズの資産の一覧表《ポートフォリオ》に加わる。今のままでは、きみのお父さんや会社のブランドに敬意を払う者は誰もいなくなるかもしれない」

彼はさらに続けた。

「僕は嘘はつかない。僕たちが立て直す――そうしなければならないんだ。お父さんは株式の大半を手放す寸前までいっていて、多額の資産を失いつつあるからだ。こうすることで、お父さんは生涯にわたって手塩にかけてきた事業を最後まで見届けられるし、未来に向けて続けてもいける」

「思いやり深いこと」フェイはそっけなく言った。

プリモは首を横に振った。「まさか。会社が再び繁栄し利益を生むようになるのを心から期待してはいるが、もしそうならなければ、躊躇《ちゅうちょ》なく切り刻んで分割する」笑みを浮かべたが、サメのような笑みだった。「それでも、そうはならないと確信している。お父さんは経営を多角化しすぎたんだ。以前からよく知られていた事業に特化して集中するべきだった。鉄と鋼の製鉄所としてだが」

またしてもフェイの胸に小さな衝撃が走った。それはフェイが父に何年も言ってきたことだった。でも父はいつも、フェイが十億ドル規模のビジネスの込み入った事情を理解できるはずがないと言っていた。フェイが一人っ子で、女の子で、取締役会に加わることに興味がないのを腹立たしく思っている様子はなかったが、父が自分とともにビジネスが途絶えてしまうことに失望しているのはわかっていた。

でも、これからは……そうならないかもしれない。

フェイの考えが聞こえたかのように、プリモはこうつけ加えた。「お父さんもずっと生きてはいられない、フェイ。僕と取引することで、お父さんは死後もマッケンジーの名と評判を守ることができる」

フェイは胸が締めつけられた。父の老いについては知っている。そして疲れについても。その疲れが、他人の助言を信じて誤った決断に走らせた。でもそれはプリモ・ホルトがここにいる理由の一部にすぎない。「それは私たちの結婚が前提なのかしら？」

「結婚がビジネスの前提条件だとは言わないが……僕が指摘したように、結婚が、買ったり交渉したりできない長期的な投資への一定の忠誠心や安全性、誓約を保証するものにはなるだろう」

フェイはくんくんと匂いをかぐまねをした。「ちょっと常軌を逸していて、脅迫めいた……結婚への皮肉っぽい匂いがするのは確かね」

プリモは大きな声をあげて笑った。「まさか。それを言うなら……刺激を誘うインセンティブかな」

プリモが目を輝かせてフェイを見た。フェイはプリモを楽しませていた。

彼は言った。「僕たちの世界に生まれて、皮肉屋にならないわけがない。少なくとも妄想や失望に左右されることはない。僕たちはよいカップルになると思わなければ、結婚を申し込んだりしないさ、フェイ。アメリカでも屈指の二つの一族が個人的にも仕事の上でも一つになるのは、たいていの場合、かなり甘美なインセンティブと見なされるだろう」

甘美な。フェイは少し身震いした。この男について〝甘美な〟なんてありえない。〝冷酷で……無慈悲〟なら思い浮かんでも〝甘美な〟はありえない。

フェイは彼を見つめた。この話について考えるにしても、それ以上に好奇心を引かれることがあって、彼女は尋ねた。「あなたは結婚から何を得るの？」

「安定した評判かな。僕は三十五歳だ。いつまでも独身でいると最近は取引に不都合な影響が出てきている。信頼に足る男と見なされなくなってきているんだ。古風で、少し時代遅れだが、確かにそういうところがある。それに僕は年相応の相手を望んでいる。社交界デビューしたての女の子などではなく」

フェイは自分が光栄と思うべきかどうかわからなかった。それでも自分を十歳も年下の若い女性と結婚して男らしさを誇るような男ではないと思っているところは、好感が持てると認めざるをえなかった。

「なぜ今まで結婚しなかったの？」

プリモはためらいもなく答えた。「僕には興味のない制度だからさ。愛やロマンスに妄想を抱くこともない。両親の結婚には有害なものしか感じなかったし、それを繰り返すリスクを冒す気はみじんもなかった。とはいえ、いつかは結婚しなければならないとわかっている。そして独身が長く続けば続くほど、私生活について臆測が増し、ビジネスの評判を落としていく――そんなのは受け入れられない」

彼はさらに続けた。

「必要悪ではあるが、申し分のない家柄の妻であれば、社会的にも仕事の上でも、自分の地位を高めてくれる。それは望むところだ」

なんて冷酷なの。フェイはこんな残酷な答えが返ってくるとは思わなかったが、少なくとも彼は結婚は便宜的なものでしかないとつっぱねはしなかった。

フェイは言った。「私の適性について調査する際、あなたのチームから連絡があったと思うけど、私は離婚経験者よ。あんな経験を繰り返したくないわ」

「よい思い出ではないんだな」

そうよ。フェイは夫を愛し、夫もそうだと信じていたが、間違っていた。挙式から一年も経たずに離婚したことは屈辱で、心もひどく傷ついた。

フェイは顎をあげた。「ええ、特には。だから、また結婚したいとは思わない」

「これは違う」

「どう違うの？」

「きみが言うように、きみはもう純情な女の子などではない。僕だってそうだ。僕たちはこの結婚には、その恩恵に浴せる大人同士の合意と理解して臨めばいい。感情的なごまかしはない」

フェイは突然、少し息苦しくなった。確かに、感情的なごまかしはないし、彼は純情などでもない。はるかに世知に長《た》けていて、経験豊富だった。

「きみなら私生活に好奇の目を向けられても、うまく対処するに違いない」

フェイは軽く笑みを浮かべた。「三十歳ですもの、たいていの人には私は取るに足りない存在よ」

プリモの視線がフェイの体をおりていき、また上へと戻ったが、しげしげとゆっくりとした動きで、傲慢と言ってもいい態度だった。彼は再びフェイと視線を合わせるとはっきり言った。「きみは絶対に取るに足りない存在などではない」

フェイはそんな言葉に心を動かされる自分がいやだった。なぜならプリモは誰にでもこんなにも簡単に魅力を振りまき、自分の意のままに人を屈服させるに違いないからだ。フェイは心の奥底で、誰にも注意を払われなくなっていくのではないかと感じていた。残りの人生はずっと独りかもしれないと。

ある男性には自立心が強すぎて、ある男性には知的すぎて、結婚でひどく傷ついて、誰もそばに近づけようとしなかった。恋愛結婚など実際にはありえない世界で、自分をさらけ出すのが怖かった。

かつて夫と出会ったとき、フェイはそんなことも忘れ、慣例に逆らって、自分の両親のように、本当の結婚ができるかもしれないと思っていた。

だがすぐにわかった――それも最初のつまずきで――二人の結婚には互いの支えになるものなど何もなかったのだと。フェイはその教訓を忘れていなかった。これからも忘れることはないだろう。

だから、ある意味では、フェイにとって認めるのはいらだたしかったが、プリモの提案にまったく魅力を感じないわけではなかった。フェイは父が彼女を心配しているとわかっていた。年老いた保守的なロマンティストで、娘が結婚すれば父を幸せにできるとわかっていた。フェイは父の幸せのためなら何でもするつもりだった。でも、この結婚は……？

そのときフェイはプリモが口にしなかったことに

思いあたり、胸が締めつけられた。プリモに結婚を思いとどまらせる方法を、フェイは知った。

「子供はどうするの？長期計画の一部なんでしょう？あなたには一族の遺産を守る責任があるわ」

「もちろん――それも僕がこの時点で結婚を考える理由の一つだ。僕には、家族を作って遺産を長く受け継いでいく義務があるとわかっている」

フェイは、まるでチェックリストの項目を並べたてていくようなプリモの口ぶりに、少し悲しくなった。それは彼らと同じ境遇の同世代の男性たちが子供を儲《もう》けることに対してとる態度で――血筋と財産を確保するための戦略のようなものだった。決して――断じて、本当に愛情から家族を作るという考えに身を投じたいからではない。

だがフェイは家族を持つことをいつも思い描いてきた。戦略的な理由からではなく、両親が自分に与えてくれた愛情と安心を再現したかったからだ。

フェイはこれが……プリモ・ホルトとの関係がどんなものであれ……始まる前に終わろうとしていることに安堵《あんど》するべきだった。だが彼女が感じていたのはむしろ、かすかにもっと相反する気持ちだった。

フェイは言った。「でも、私は子供を持ちたいとは思わないから。どんなことがあっても。私はあなたに跡継ぎを与えるつもりはない。結局のところ、この結婚はあなたにとっても、あなたの家名にとっても、長期的には何の恩恵もないわ。結婚の恩恵がないビジネス上の取引にならざるをえないわね」

プリモはフェイをじっと見つめた。洗練されたエレガントな装いを体現している。髪を後ろで丸くまとめ、シルクのシャツに、注文仕立てのパンツが細いウエストを強調し、視線を長い脚へと集めていく。

昨夜はこんなエレガントな装いの下に炎のような熱気を感じたが、今はそれが外に存分に発散されている。プリモはフェイの体の敏感な部分が脈打っているのを想像し、彼の体も反応していた。プリモは顎を噛《か》みしめ、体のこわばりを抑えようとして、持てる自制心を総動員しなければならなかった。

プリモはフェイがさっき言ったことに集中した。彼女は子供を欲しがっていない。現時点で、これは大きな問題ではない。結局、彼らはお互いをほとんど知らないのだから。一緒に時間を過ごすようになれば、また話し合うことになるだろうし、彼女の気持ちも変わるかもしれない。

家族を持つことについてプリモの考え方は、基本的に〝何の害もない〟というものだった。彼が経験した子育てのハードルは、事実上、何も存在しないのと同じだった。母親は二人の息子を見捨てる前も大して配慮も注意も払わず、さらにプリモは母親が出ていくとき、弟のクウィンが母親の脚にしがみついているのを引き離したことを覚えている。プリモはその思い出をいつも胸に秘めてきた。現実に決して私情をさしはさまないという戒めとして。

そして父親は二人に払うべき、あらゆる配慮や注意を捨てたも同然だった。

だからプリモとしては、もし家族を持ったら、全力で子供たちに敬意を持って接し、自分が味わったことのない家族の一員としての意識を持たせるつもりだった。それ以上については？　それは彼にとってはもうフィクションやファンタジーの領域だった。

「子供たちや家族については……今議論することではない。僕にはまだ吸収することがたくさんある」

フェイはまだ緊張していた。「私の話を聞いていなかったのね」

プリモは聞いていた。だがフェイは目と紅潮した頬に感情をたたえながら、まったく別のことを口にしている。二人の間には国全体をも明るく照らすほどの激しい興奮が感じられるのに。彼は二人の間の距離を縮め、首の後ろに手をまわし、フェイの唇をふさぎたい衝動に駆られていた。彼女の味を知りたかった。スパイシーで、酸っぱくて、同時に甘いだろうか。彼女はプリモを驚かせるだろう。それは確かだ。そして彼はフェイの異議にもかかわらず、フェイこそが彼にとって正しい選択だと確信していた。

フェイは彼に少しもおびえていない。彼の下腹部では期待感が低く燃えあがっていた。彼女を手に入れたかった。彼は言った。「僕たちの結びつきがきみのお父さんとの取引に有利になるとは言ったが、もしきみが僕との結婚を望まなくても、何の影響もない。僕はいいかげんなことは言わない」

フェイはわずかに首をかしげた。「それはありがたいわ。たとえあなたが、結婚が取引をさらに強固なものにすると認めていたとしても」

「僕が頼んでいるのは、この提案を少しでも考えてみてほしいってことなんだ」

彼女の金色がかった緑の瞳に、内心の葛藤が見えるようだった。プリモには魅惑の瞬間だった。

「わかったわ」フェイはようやく答え、唇をとがらせた。「考えてみる。でも、あまり期待しないで」

彼はフェイを見て言った。「そうだな。きみは答えをじらして僕を苦しめて楽しむつもりだろうが」

驚いたことに、フェイは声をあげて笑っていた。彼女はプリモを求めていた。彼はそれを知っている。

プリモは一歩後ろにさがった。たとえ心の内のあらゆるものがフェイから離れたくないとあがっていても。「きみがどう決断しようと、フェイ、僕たちの間にあるものをきみは否定できないはずだ」

フェイがそれに同意も否定もできないうちに、プリモはきびすを返し、部屋から出ていった。

3

フェイはマンハッタンのアパートメントに戻ったところだった。父親を訪ねたあと、出張でロサンゼルスに行き、オークションで顧客のために彫像を一体手に入れた。プリモ・ホルトに会ってから一週間が経《た》っていた。それでも、プリモはフェイと話した二十四時間後にはメールを送ってきた。

メッセージはこうだ。〈考えてくれたのか？〉

彼女は応えた。〈よく連絡先がわかったわね〉

〈きみのアシスタントは、美術品の購入で急ぎの手助けが必要だと伝えると、とても協力的だった〉

〈卑劣な手口ね〉

〈僕なら〝大胆な行動〟と言うがね。それで、考えてくれたのか？〉

〈この種の決断には二十四時間以上が必要よ〉

二十四時間後、プリモのメールが届いた。

〈今ならどうだ？〉

〈今はロスよ。よくも起こしてくれたわね〉

〈サンセット大通りに、うまい朝食スポットがある。アンジーの店だ。きみが行くと伝えておく〉

〈ご推薦ありがとう、でも、もう知ってるわ〉

〈どういたしまして。帰りの機内で僕のプロポーズについて考えてくれ〉

〈寝てるわ〉

〈かわいそうに〉

その挑発に満ちたなれなれしい返事に、フェイの体は震えた。震えたどころではない。もっと強い、露骨な何かを感じた。その激しさにフェイはおびえ、プリモにもてあそばれていると思うと、いらだった。

これほどあけすけな挑発は久しぶりだった。フェイは求められている。たとえそれが便宜結婚だとしても。プリモに面と向かって告げられた最後の言葉は、この一週間、フェイの頭の中で呪文のようにぐるぐるまわっていた。〝僕たちの間にあるものをきみは否定できないはずだ〟

心を乱し、酔わせて、信じられない気分にさせる。フェイは認めたくなかったが、仕事以外の時間の大半を、この男性をネットで調べることに費やしていた。彼の両親の離婚についての詳細はごくわずかだが、辛辣だった。父親は離婚後、何度も再婚を繰り返し、弟は遺産相続を拒否し、自力でハイテクビジネスで億万長者となり、今はサンパウロに拠点を置いている。ファミリービジネスはプリモが引き継ぎ、わずか数年で資産を三倍にし、企業の地位の重要性を高めた。従業員は世界中に数千人を抱える。

私生活については——厳重に規制がかかっていた。ネット上には、彼が美しい女性たちと写っている写真が数枚あるだけだった。その一枚一枚の女性が当時より功なり名をとげ、印象を増している。人権派弁護士、有名モデルから転身した慈善活動家、室内装飾家、ファッションデザイナーたちだ。

みだらな暴露記事も、タブロイド紙のゴシップ記事もない。ただ、彼がいつ誰と身を固めるかという、いつはてるともない臆測があるだけだった。

そして彼は私を求めている。妻として。愛人ではなく。彼のような男には、女に恋心を抱かせるのは天性のようなものなのだろう。彼は最初の夜、フェイを誘惑することだってできた。フェイは屈服していたかもしれない。ひどく恥ずかしいことに。フェイはリビングの窓際に行き、遠くに見えるセントラルパークを眺めた。彼女は唇を噛《か》んだ——悪い癖だ。

フェイがロサンゼルスにいる間から、父はプリモとの取引に同意していた。もう何歳も若返って……肩の重荷がすっかりおりたようだった。フェイは良心が痛んだ。ビジネスがどれほど父の重荷になっていたか、フェイは実際には気づいていなかった。

プリモとの話のあと、フェイは父と昼食をともにし、プロポーズされたことを告げた。

父は応えた。「あの男のことを知らないだろう」

フェイはプリモに飲みに誘われたことを説明した。

父は顔をしかめた。「交渉を有利に進める切り札に結婚を持ち出したのか？」

「そうでもないけど」フェイは認めるしかなかった。「彼はまだ取引を続けるつもりで、マッケンジー・エンタープライズの株の大半を取得するつもりよ。でも……彼の話によると……結婚はビジネス上の取引だけでなく個人的な投資にも有利に働くそうよ」

父は尋ねた。「おまえはあの男をどう思うんだ」

フェイはその質問に直接答えるのを避けた。「パパには都合がいいの？　私たちが結婚したら？」

父は居心地悪げに身じろぎし、視線を合わそうとしない。フェイは気持ちが沈んだ。プリモにはわかっていたのだ。もちろん都合がいいに決まってる。

父はやがてため息をつき、娘を見た。「そうなれば私たちの立場はより確かなものになる。彼は当然、妻と義父を守るためにさらに力を注ぐようになる」

父が娘の手を取り、フェイはその衰えを知った。

父は言った。「おまえが心配だ。私はおまえをどうしたらいいんだ？」

「パパ、心配しないで、私は今のままで大丈夫よ」

「それでも寂しくはないのか？　お母さんを亡くして、私はひどく寂しかった……。孤独でいるとはどういうことか、私は知っている」

父の言葉が今、フェイの中で、うつろな真実となって響いている。多忙なスケジュールにもかかわらず、フェイは孤独だった。自分でも認めたくないほどに。そしてこれまで出会った中で最も心を惑わされる男性が、フェイに興味を示している。

違う、とフェイは訂正した。彼は自分の新たなベンチャービジネスで、都合のいい妻を手に入れることに興味を示しているだけ。そのとき、携帯電話がメールの着信を知らせ、フェイはそれを読んだ。

〈きみと結婚したい、フェイ。だから、ただ子供を持ちたくないと言うのではなく、もっと説得力のある理由を聞かせてくれないか。プリモ〉

フェイは手を口にあて、笑い声ともすすり泣きともつかない声をもらした。まるで彼がフェイの頭の中にいて、最も深い心の内の声を聞こうとしているかのようだ。フェイは子供を持つことに同意しなかった。子供が持てないのだ。それが最初の結婚がうまくいかなかった理由だ。フェイは教科書どおり結婚初夜に妊娠したが、妊娠初期に出血が始まり、激しい痛みに襲われた。緊急手術のために病院に搬送され、流産してしまった。さらに合併症を起こし、数日後、子宮を切除することになり、子宮は摘出されてしまった。あまりに衝撃的な出来事で、夫との関係もそこから立ち直れるほど強固ではなかった。

フェイはあんな苦しみは二度と味わいたくないと心に誓った――夫が彼女だけを愛してくれていると信じた自分がいかにうぶだったか、残酷なまでに思い知らされた。フェイは夫にとって、社会的地位を誇示するためのトロフィーワイフであり、跡継ぎを儲《もう》けるための器でしかなかったのだ。

なのにどうして同じ目的でフェイを求めている相手との結婚に、向こう見ずにも同意したりできるだろう。唯一の違いは、フェイがプリモ・ホルトに愛されていると錯覚していないことだった。フェイは確かに彼を愛していない。プリモの人となりを実際にはほとんど知らないからだ。彼は大胆で、妥協を許さない。フェイは彼の押しつけがましさも、要求の強さも嫌いになるべきだった。それでもフェイが感じているのは好き嫌いではなく、もっと複雑なものだった。さらにもっと気がかりなのは、フェイが二人の関係に好奇心を抱いていることかもしれない。

不安はいろいろあるにしても、フェイはこの結婚で自分自身のために何かを得たいと、そんな願望にふいに駆られた。離婚で大きく傷ついた女としての評判の一部でも取り戻したかった。フェイは噂《うわさ》をし合う人々の表情をまだ覚えている。一年しか夫をつなぎとめておけないなんて、彼女に何か問題があるのではないかと……。残酷な話だった。フェイは女として失格のような気がした。妊娠を出産までまっとうできず、今後決して子供が産めないからだ。ありがたいことに、フェイの病状は公表されることなく、手術の全容はフェイの父親でさえ知らない。共有するにはあまりにつらく、痛みに満ちていた。

だからフェイは毅然《きぜん》として、人々が注目する次のスキャンダルが起こって彼女の話題が過去のニュースになるまで、詮索の目やゴシップに耐えてきた。

それでも、当初のつらい痛みがだいぶ癒えた今でさえ、人前では、なおも身にまつわりつく過去の失敗を責める雰囲気が感じられた。そして哀れみも。プリモ・ホルトとの結婚はフェイにとって名誉挽回《ばんかい》の機会になるかもしれない。フェイが本当にその機会を必要としていたわけではないが、公の場に足を踏み入れるたび、哀れみの視線を少なからずまだ感じていた。孤独だった。そんな気持ちは心の奥深くまで、完全に癒えることのない傷にまで及んでいた。

それだけではない。父の取引やファミリービジネスを守るためでもある。別次元で彼らは守られるようになる。プリモが言っていたように〝長期的な投資〟となって。不本意でも彼のプロポーズに従おうかと、そんな考えがよぎったとき、フェイはひそかな興奮を覚えた。でもプリモがどうしても必要になる、自分の地位を継がせる後継者は与えられないと考えると、興奮は少し冷めた。それでも、それが決して問題化しないようにはできるかもしれない。彼がフェイの結婚の条件に同意してくれるならだが。

勇気をなくす前に、フェイは彼の最後のメールに返信を送った。〈もっと詳しく話し合いましょう〉

すぐにメールが返ってきた。〈よかった、僕のアシスタントが日を決めて連絡する〉

〈二週間後に、マンハッタンで〉

これがフェイの結婚式の日となった。フェイはプリモにあのメールを送ってからのめまぐるしい進展に、まだ頭がくらくらしていた。電光石火のスピードで、プリモの早業だった。フェイはゆったりとした贅沢《ぜいたく》なバスルームにいた。マンハッタンを代表する、由緒あるホテルのペントハウスのスイートだ。

プリモはこのスイートをフェイと父親のために予約し、郊外から街に出入りするよりは、ここに滞在したほうがいいと勧めた。心のこもった気遣いだった。フェイのマンハッタンのアパートメントも使えたが、こちらのほうがはるかに便利で快適だった。同じフロアに宴会場があり、すでに招待客が集まっている。少人数で、内輪の集まりだった。フェイの父に、親しい友人たち、そして法律顧問。プリモのほうに家族はおらず、証人の法律顧問だけだった。

ちょうどその前日、フェイはこの結婚の条件をまとめた最終的な法的書類——結婚同意書にサインをしたばかりだった。一週間以上前、プリモのオフィスで会い、フェイは結婚の条件を示し、彼はそのすべてに同意した——フェイには驚くべきことだった。

なぜなら、文書の形で、フェイは結婚にはただ同意するだけで、半年後にもう一度検討し、その時点で結婚を続けるか離婚するかを決めるとはっきりさせたからだ。それはフェイには逃げ道となり、プリモもそのころには逃げ出したくなっているだろう。

というのも、フェイはまた、どんなことがあっても子供を持つことは考えないとはっきりさせたからだ。

だから少なくとも、プリモに嘘《うそ》はついていない。

でも、あなたは彼に真実をすべて話していない。

フェイの中の小さな声が指摘した。そう、フェイは不妊についてすべてを明かしていない。

フェイは心に深く秘めた苦しみを、ほとんど知らない相手に打ち明けるつもりはなかった。結局、フェイはこの結婚が長く続くとは思っていなかった。プリモが結婚したいと決めたのなら、これがフェイのやりかただった。フェイの条件をつけて。

両家の半年の結婚は、フェイの父とプリモのビジネス取引を強固なものにし、将来に向けて安全と安心をもたらしてくれる。フェイは結婚同意書に、離婚する場合、ビジネス取引に不利益は与えないという項目を盛り込んでいた。そしてプリモについてほとんど知らなくても、執念深い男には見えなかった。

フェイは自分がある意味で冷酷なことをしていると承知はしていても、プリモに取引の裏で都合のいい妻が手に入ると期待させるほど、冷酷ではなかった。さらに彼はこの結婚は感情とは無関係だとはっきり言った。だから彼を傷つける危険もない。むしろ、六カ月後に離婚するわずらわしさはあるが、フェイはプリモが有力な妻のリストの二番目に向かって、別の花嫁を手に入れるだろうと確信していた。

それまであなたは半年間、自分が望む男性と結婚できるのよ。刺激的な考えにフェイは顔を赤らめた。

フェイの思いは一週間前のプリモのオフィスに戻っていった。彼はデスク越しにフェイを見つめ、椅子に寄りかかって最高にリラックスしていた。

「つまり、同居はしたくない、公の場には事前に合意したイベントにだけ一緒に出ることに同意する、きみはそう言ってるんだな？」

フェイはうなずいた。胃が締めつけられ震えていた。結婚に同意するかわりにフェイがつきつけた要求の数々に、プリモの忍耐は限界にまで達している に違いない。フェイは言った。「私は長い間自立した生活を送ってきて、それをあきらめるつもりはないの。忙しい仕事のスケジュールを抱えていて、いつも公の場に出られるとは限らないし、同じ国にいないかもしれない。でも、もし重要なイベントがあって、前もって十分に調整がなされていれば、ちゃんと準備をして確実に出られるようにするわ」

フェイの言葉にプリモの目が輝き、フェイの体にさらに震えが走った。プリモがそっけなく自分の意見を言う。「話を聞いた限りでは、僕はパートタイムの妻と結婚することになるらしい」

プリモは立ちあがると、床から天井まである全面ガラスの窓に歩いていった。ゆったりとした優雅な手足の動きが、眼下のマンハッタンの絶景以上に、フェイの視線をとらえた。シャツが広い背中と肩に張りついて、その下の筋肉や、細いウエスト、引き締まったヒップを想像させる――。

プリモがさっと振り返り、フェイは恥ずかしさに顔を赤らめた。プリモが言った。「一緒に暮らさず、ときどき会うだけで、どうやって僕たちの結婚をまっとうできるんだ？　それとも結婚式の夜、僕はきみと一緒に過ごす栄誉にあずかれるのかな。僕はこれを本物の結婚にするつもりだよ、フェイ。誰とでも寝たりしないし、不誠実なことはしない。そして僕はセックスが好きだ」〝僕はセックスが好きだ〟あまりに率直なその言葉に、フェイは二人が手足を絡め合う光景が頭に浮かんでくるのを止められなかった。なのに彼は結婚をひどく……実用的な取り決めか何かのように言った。二人がすることは同意の上の取り決めで、チェックマークを入れる項目か何かのように。彼は以前、二人の間には何かがあると言っていたが、それはおくびにも出さなかった。フェイが彼を求めていると知っていて、もう自分の欲望を偽る必要を感じていないのだろうか。フェイは傷つき、無防備にさらされた気がした。

「私たちがどこに住んでいるかなんて細かなことを誰も知りたがらないわ。二人とも忙しいんだから」

プリモが大股でデスクに戻ると、フェイははっと緊張して肌が熱くなった。彼はデスクの端に腰をのせ、力強い腿の片方がフェイの視界に入った。見ないように視線をあげているには、自制心を総動員する必要があった。ひどく威圧的なポーズだったが、フェイは気おされなかった。プリモは彼女の反応を見て楽しんでいるのだとよくわかっていたからだ。

「それは僕の質問への答えになっていない」

フェイは突然、喉が紙やすりのように干からびた。

「私たちが……結婚をまっとうできないと言っているんじゃないわ」〝要するに〟心の中の声がささやいた。〝これがあなたの望みじゃないの？　この取り決めからあなたが得られるものがあるとすれば〟


それでも、さらに親密なレベルで彼に身を委ねるかと思うと怖くなった。というのもプリモにふれられなくても、これまで決して経験したことのないものを彼に感じてしまうからだ——奔放なまでの切望を。ほかのどの男性にも感じなかった自意識の強さを。コントロールしきれない感覚で、プリモは恐ろしいほどにコントロールしているように見えるのに。

フェイは何とか頭を働かせようとした。「今後の計画については話し合うつもりだけど、もしあなたの指定した日に結婚したいなら、その夜、ベネチア行きのフライトをもう予約してあるんだけど。カーニバルの期間中に顧客に会うことになってるのよ」

プリモは目を細めてフェイを見据え、そっけなく言った。「僕たちの結婚を完璧にする計画について話し合うだって？　なんてロマンティックなんだ」

彼の軽蔑しきった声に、フェイは立ちあがって言い返した。「これにはロマンスのかけらもないと、二人ともわかってるくせに。私をばかにするなら、別の都合のいい花嫁を探せばいいでしょう」

プリモも立ちあがり、フェイを見つめた。「謝るよ、ばかにするつもりはない。結婚で、ロマンスという幻想について、僕がどんな立場をとっているかわかってるだろう。それでもこの結婚がうまくいくよう望んでいるし、うまくいかせるには公私でともに連携する必要がある。それができると思えないなら、この結婚はよい考えではないかもしれない」

フェイは過剰に反応していた。自分のことばかり言いすぎたと感じた。プリモはフェイの条件にすべて同意し、結婚を可能な限り本物らしく見せようとしているのは明らかだった。ここで身を引いたらどんな危険がともなうかに気づいて、フェイはひと息ついて言った。「できると思うわ。私もこの結婚をうまくいかせたいから」長くても半年なら。

そのときドアにノックの音がして、フェイは先週の記憶から我に返った。「どうぞ」ぼんやりと言う。

フェイの父だった。前かがみで、杖《つえ》を二本ついておぼつかなげに歩いてくる。それでもスチールグレーのスリーピースのスーツ姿で、さっそうと決めている。父は娘と結婚式場の通路を歩くつもりでいた。これが恋愛結婚ではないとよくわかっていても、長く続くことを望んでいるようだった。フェイは父に結婚の条件については話していなかった。良心が痛んだが、プリモ・ホルトとの結婚で得られる長期的な恩恵は、たとえ短い期間でも十分見合うものだと自分に言い聞かせていた。

父はけげんそうに輝く瞳をフェイに向けた。「おまえを見ると母親を思い出す……きれいだよ」

フェイは涙で目がちくちくした。「ママほど美しい人はいないわ」

父の声がかすれた。「みんなが待っている」

フェイは息を吸い込むと、パンツスタイルの花嫁衣装とそろいのクロップド丈のジャケットを身につけ、花束を手に取った――黄色とクリーム色の花で、花嫁衣装と婚約指輪にぴったりだった。花束まで気がまわらず、プリモが用意してくれたものだった。

フェイは父のそばに行くと笑みを浮かべ、父の腕に腕をすべり込ませた。「では、行きましょうか」

プリモは追いつめられた気分で、ほとんど……緊張していた。ばかげている。これまでの人生で緊張した記憶などないのに。だが今、間違いなく、いつものレベルの自信を感じてはいない。傲慢なまでの。フェイはプリモが傲慢だと非難したが、彼女に言ったように、彼は初めて自分がそうだと認めた。それでもいくら傲慢でも物事が見えなくなるほどではなかった。フェイ・マッケンジーには不可解なところがあると、もちろん彼は見抜いていた。

フェイには彼女なりの目的があってプリモと結婚するのだとわかっていた――父親のビジネス取引を強化し、早くに結婚に失敗して何年も社会から孤立していた彼女自身の評判を高めるためだ。人の目など気にしないと言ってはいても、彼女も人間で、昔のスキャンダルの影響が残っていないわけがない。

ほかには……フェイが金銭目当てでないのはわかっている。相続すべき一族の財産があり、もちろん世界でも指折りの美術商として、高収入で、成功したキャリアの持ち主であるのは言うまでもない。

ではフェイが彼と結婚するのは、もっと個人的な何かを得るためなのか。結婚を完璧なものにするために計画を立てねばならないと知らされたあとでは、さらに確信が持てなくなった。女なら普通、幸せのあまり、できるだけ早く彼にすべてをさらけ出そうとするものだ――肉体的にも、感情的にも。だが、彼女は違う。金色がかった緑の瞳で、プリモを用心深く見つめるばかりだった。

二人の間の熱気には気づいていた。同じ部屋で二人きりになったとたん、プリモは電流のような熱気を感じる。あの日、フェイがパンツスーツに身を包み、取り澄ました様子でオフィスに現れたとき、フェイにキスするべきだった。彼女をばかにしているとプリモを責めたとき、彼女にキスしたかった。髪をかき乱して、ブラウスのボタンを外し、清楚《せいそ》でエレガントな装いをめちゃくちゃにして、ロマンスとは無縁の結婚がもたらす体の喜びを教えてやりたかった。そんな予感に彼の血は期待で脈打った。

だがその瞬間、式場にいた人々の間に静寂が訪れ、プリモは首の後ろがちくちくした。司祭がやってきて彼の前に立つと、弦楽四重奏団に合図をし、演奏が始まった。プリモは一瞬、迷信めいた気分に見舞われ、花嫁のほうを振り向くのがはばかられた。それでもばかげていると自分に言い聞かせ、これはまったく個人的な内輪のビジネスの一環にすぎないのだからと振り向いて、即座に畏敬の念に打たれた。

フェイは目を見張るほどすばらしかった。

プリモは彼女の父親にも、父親と歩調を合わせるために彼女がどれだけゆっくり歩いているかにも、ほとんど気づかなかった。ただフェイに見とれた。ワイドレッグのパンツスーツ姿で、エレガントで、クールで、セクシーだった。髪を後ろでまとめ、化粧は控えめ。イエローダイヤの婚約指輪の輝きを見ると、先祖伝来の指輪がフェイの指にはめられ、彼女が自分のものだと示されていると思えて、独占欲がこみあげてきた。ひどく原始的で、時代遅れの感情だったが、そんな気持ちが抑えられなかった。プリモはこれまで一度も女性に独占欲を感じたことがなかった。このゲームが始まったら、もう以前の彼ではなくなってしまうかもしれない。

フェイが彼に手を差し伸べた。ほのかな香りがして、プリモはもっと近づきたくなった。薔薇《ばら》にムスク……さらにその古典的な香りをもしのぐ、はるかに鋭い何かが香っている。フェイがあのつぶらなはしばみ色の瞳で彼を見つめた。瞳は今日、緑に輝き、繊細なメイクでさらに引き立っている。長いまつげで、唇は赤ワインのようなつややかな色をしている。

プリモはふいに、ワインのグラスを彼女の素肌に傾けてたらし、舌で味わうところを想像した――。

「娘を頼む。この子は私の大事な宝物なんだ」

婚約者に娘を託すフェイの父親の毅然とした声に、プリモの手に負えない妄想は吹き飛んだ。彼は父親の目をじっと見つめ、心をこめて言った。「彼女を大切にします」まなざしをフェイに向ける。「彼女が許してくれればですが」

父親が娘の手をプリモに取らせると、フェイはかすかに苦しげな声をあげた。プリモはフェイの手をしっかりと握り、この期に及んでまだ彼女が立ち去りはしないかと確信が持てずにいるかのようだった。

この結婚に同意する前に、フェイが数々の要求を突きつけたあとで、プリモがまだ彼女に確信が持てずにいる事実が、フェイとの結婚がどれほど刺激的なものになるか知っておく必要があると告げていた。

その要求には――同居はせず、社交的な催しにはあらかじめ決めたものにしか同行しないとあったが、プリモに動揺はなかった。彼も突然同居を始める心の準備ができているわけではなく、もっと現実的に、時間をかける必要がある。半年あればフェイも彼の世界になじんでくる――彼はそう確信していた。それでも別居を望んだら？　彼は心の声を打ち消した。フェイは出ていきはしない。プリモは社交界でフェイの地位を高め、ビジネスの人脈を増やせる。彼女の父親は事業への不安を解消する恩恵に浴せる。

プリモは司祭に迎えられながら、フェイに視線を向けた。完璧な横顔を見せて、髪一本の乱れもない。またしてもプリモはその一分の隙もない取り澄ました様子に、フェイの落ち着きを失わせてやりたい衝動に駆られて指がむずむずした。彼女の肌の下で脈打つ血管が見えたからだ。速い鼓動を刻み、彼と同じように熱くなっていると想像できた。

この結婚をパートタイムからフルタイムに変え、途方もない高さの壁の後ろに隠れているフェイの本当の姿を明らかにするのは、興奮で血管の血が熱くなる挑戦だった。家族は持たないというフェイの主張はどうする？　それはまだ気にしなくていい……。まず彼女を説得して一緒に過ごすことのよさをわからせることだ。それから次の段階に進む――何世代にもわたって続く遺産に支えられた、長続きのする結婚生活を築いていく。プリモは前を向き、フェイの手を取りながら、この結婚を成功させると誓った。これまで投資してきたほかの事業と同じように。プリモ・ホルトに失敗という選択肢はなかった。

4

二日後、ベネチアのカーニバル

フェイはこんなにも孤独を感じるとは思わなかった。特に今はもう既婚者で、独りでいるのは、フェイが出張でここに来ることにこだわったせいだった。ハネムーンで来ることもできた。便宜結婚でもハネムーンは楽しめる。それでもフェイは仕事のスケジュールを優先し、今ではあまりに強く我を張って、少し子供っぽかったと思っている。

シンプルな金の結婚指輪が重く感じられる。プリモがフェイの指に通したのはほんの二日前だ。その指輪が婚約指輪とどんなふうに指に収まっているか、フェイは確かめたい衝動にあらがった。プリモがフェイを所有した印だ。フェイを所有など、まだ少ししていないのに。フェイは息が苦しくなった。二人はまだキスを交わしただけだったが、そのキスは永遠にフェイの記憶に焼きつくだろう。結婚式は交わす誓いも約束もただぼんやりと過ぎていき、プリモにばかり気を取られて集中できなかった。

離婚して十年、フェイはデートもキスも経験してきた。それでも誰もフェイの中にこれほどまで灼《しゃく》熱《ねっ》の炎を燃えあがらせはしなかった。夫でさえ違った。まるでフェイの奥底に火種があり、プリモに火をつけられるのを待っていたかのようだった。

プリモが身を引いてもフェイはすぐに目を開けられなかった。すると脚に力が入らず、足元のおぼつかないフェイを彼が支えてくれているのだと気づいた。悔しいことに、フェイが気を取り直す前に、プリモは再び体を近づけてきて、耳元でささやいた。

「わかったか？　僕たちの間には何かがあると言っただろう。きみをさらにもっと知っていくのを楽しみにしている……僕の奥さん」

ほどなく、みんなで一緒に昼食の席に着いた。

プリモはワインをひと口飲んでから言った。「きみは今晩、ベネチアに向けてまだ発《た》つつもりか？」

フェイはあの得意げなキスを思い浮かべただけで、強くうなずいた。「そうよ。顧客をがっかりさせるわけにはいかないわ」

「残念だな。僕が一緒に行ってもいいかな。実は短い休暇を取る予定でね。きみが働いている間、僕が主夫役を買って出ようか」フェイはすぐに往時をしのばせる豪壮な邸宅《パラッツォ》で、寝乱れたシーツに包まれてくつろぐ裸のプリモを思い浮かべた。いわくありげなプレイボーイのようにフェイの帰りを待っている。彼女に喜びを味わわせるために……。フェイは首を振り、そんな場面を頭から締め出したのだった。

そのとき、黒ずくめのシルクのピエロの仮装に身を包み、マスクで顔を覆ったウエイターがトレイを持って通りすぎた。フェイはスパークリングワインのグラスを手に取り、妄想がさらに暴走しないよう断ち切ると、ワインをひと口あおった。

フェイはカーニバルのベネチアで顧客と会ったり、アートギャラリーを訪ねたりしていた。総額数百万ユーロにのぼる商談を二件こなしたばかりで、成功を満喫していてもいいはずなのだが、気分はうつろだった。なぜならフェイには成功を分かち合う相手がいないと、初めて気づいたからだ。

プリモ・ホルトのせいで、フェイは内面の弱点に目覚め、さらに、欲求にさえ目覚めていた。

これはフェイが内面へと深く分け入り、自身の弱みを表にさらす必要がこれまでずっとなかったことを物語っていた。自慢の自立心もここまでだった！

フェイは周囲の様子を見きわめ、プリモのことは考えまいとした。仮面舞踏会が大運河に面した、何世紀もの歴史を誇るパラッツォで開かれていた。キャンドルと柔らかな照明がすべてを黄金色に染めている。人々の衣装は、パラッツォの壁画やフレスコ画の天井、ムラーノガラスのシャンデリアなどと同じくらい手の込んだものだった。シンプルでクラシックなタキシード姿の男性もいれば、ケープにシルクのシャツというロマンティックな歴史小説の主人公のような男性もいて、一様にマスクを着けている。

女性たちのドレスは現代的なイブニングドレスから、マリー・アントワネットも顔負けの派手なドレスまでさまざまで、ウィッグに、羽根飾りや宝石をあしらった見事な装飾マスクを着けている。フェイは数百年前にタイムスリップしたようだった。

フェイは自分の姿に目を丸くし、顔の半分を覆う緋《ひ》色のレースのマスクを喜んだ。ドレスとよく合っていて、レースチョーカーで首元を飾っている。髪は高い位置でシニョンにして――自分なりに意識してラフで乱れた髪形にした。ドレスはストラップレスで、シルクをレースで覆い、ボディスは胸からウエストへとぴったりフィットし、幾層ものひだを描いて床へと流れ落ちている。ほかのドレスほど人目を引くものではなかったが、フェイは気にしなかった。注目を集めるのは特に好きではなかった。

それでもプリモには注目されたいのだろうか。

「誰か待ってるのか？」フェイの高鳴る鼓動がぴたりと静まった。むき出しの肌の産毛が逆立った。彼の声だ。いいえ、そんなはずはない。ひどく思いつめるあまり、彼の姿を妄想してしまったのだろうか。

首の後ろがちくちくした。振り返ると、長身で大柄の黒ずくめの男性の胸と向き合っていた。首元で結んだケープを無造作に一方の肩に押しやっている。フェイは見あげた。鷹《たか》のようなマスクで顔の半分が覆われ、鋭い顎とあの口元が見えた。一度しかキスしたことがないのに、男性が一列に並んでいたとしても、この口元はすぐにわかる。フェイは一瞬で数百年をタイムスリップしたようだった。彼は海賊そのものだった。海の略奪者だ。フェイは息が苦しくなった。心臓がどきどきして、体の内がとろけて熱くなり、けだるくなった。フェイは何とか言った。

「いいえ、誰も待ってないわ」

彼は首を一方にかしげた。「残念だな。独りで寂しそうに見えたのに」

フェイは力が戻ってきたのを感じ、歯を食いしばって嘘《うそ》をついた。「全然寂しくないわ」

「きみほど美しい女性は、こんなところに独りでいるべきじゃない」

フェイはくるりと目をまわした。「今夜はたくさんの女性にそう言ったのでしょうね」

彼が首を振る。「いや、きみだけだ。だが人違いだったようだ。きみは人を避けてるみたいだから」

フェイはにっこり笑った。「どちらも違ってるわ。私は親切な顧客の招待で仕事でここに来ているの」

「きみを独りにしたのか？　不注意な女性だな」

「男性なんだけど」

マスクの奥で彼の目が輝いた。黒い衣装で瞳の青が際立ち、肌も色濃く見える。「その顧客は……彼はもっと個人的な関係を築こうとしているのか？」

「そんなこと、あなたには関係ないでしょう」

「そうかな？」すぐに応えが返ってきた。

結局、互いの立場はまだ認めていなくても、彼はフェイの夫なのだ。フェイは初めてプリモが自分の夫なのだと実感して体が震えた。彼はフェイのためにはるばるここまで来た。彼は嫉妬しているのだろうか。あるいは嫉妬など感じたことがないかもしれない。そう思うとフェイは傷ついた……この男性に、あまりにもありふれた感覚を抱いてしまった……。

「教えて。あなたも仕事でここに来たの？」

彼は首を横に振った。「信じてほしいんだが、今朝までここに来るつもりはなかった。説明のつかない、強い衝動に駆られて……たぶん夢できみを見て、現実にいるかどうか確かめたくなったのだろう」

フェイはそんな言葉がどんなに自分に影響を与えるか、考えるのもいやだった。なぜなら彼は無造作に何の気遣いもなくそう口にし、そんな言葉に自分の一部がはっきりと反応したからだ。「私は本物だけど、あなたの夢に現れたりしないわ」

彼はフェイを見た。「僕には断言できないが」

一瞬、二人の間に電流のような緊張が走った。ウエイターが通りかかると、黒ずくめの男性は飲み物を手に取り――フェイはまだ臆病者のように彼が本当は誰か認めるのを拒んでいた――フェイの飲みかけのグラスをさっと新しいものと交換した。

「バルコニーに出ないか。ここは少し息がつまる」

フェイはうなずき、手袋をつけた手を彼に取らせ、人ごみを縫ってバルコニーに通じる開いたフレンチドアへと導かれた。向こう端にもうひと組カップルがいて顔を寄せ合っている。彼がここにいるのがまだ信じられない。フェイは彼が姿を現す一瞬前まで、ひどく性急に行動してしまったと後悔していた。

二人はともにたたずみ、しばらく無言のまま、大運河の代表的で印象的な景色に眺め入った。対岸のパラッツォの窓々に明かりがともり、一つ一つが別の人生への入り口となって、何百年もここにこうして続いているかのように目の前に広がっている。

「この歴史ある場所を前にすると、僕はいつも謙虚な気持ちになる」

フェイは驚いて彼を振り向き、いらだちを覚えた。人の心を読むのはやめてほしかった。フェイはそんな自分のばかげた考えに首を振った。

彼は明らかにフェイの反応を見て取っていた。

「何だい？　何かまずいことでも言ったかな？」

「いいえ」フェイは笑みを浮かべずにいられなかった。「私も同じことを考えていたものだから」

彼はフェイを見おろしていた。フェイは彼の表情は読めなかったが、マスクを着けていた幸運を喜んだ。二人の間をはばむ障壁になってくれる。すると彼は手を伸ばして彼女の口元に触れた。だがあまりにつかの間で、自分の想像にすぎなかったのかとおぼつかなかった。それでも唇がひりついていた。

「だめだ、こんなことはもうやめよう――」

彼が言葉を続ける前に、フェイは口走っていた。

「やめられるの？　頼めるの？」

フェイは彼がこのきらめく繊細なマスクを取り去ろうとしているのがわかったが、フェイにはまだその準備ができていなかった。ばかげているけれど、本当に、心からこの瞬間を少しでも長く味わっていたかった。そしてなぜそれがフェイにとって重要なのかは細かく考えたくはなかった。なぜ結婚したのか、その現実に向き合う心の準備ができていなかった。ビジネス上の取引だとわかっていても、彼にはフェイだけを求めてほしかったし、薄っぺらなレースのマスクの裏で、どこか守られている気がしていた。まるで自分たちがどんな状況に置かれていて、フェイがどんなに彼を求めているかという事実から目をそらす手伝いをしてくれているかのようだった。

「ここから出ていけるかしら」フェイは勇気を失う前に尋ねた。現実が戻ってこないうちに。

一瞬、彼は何も言わず、何か軽口をたたくのではないかとフェイは心配したが、ふいに張りつめた雰囲気が満ちてきた。彼はただうなずき、再びフェイの手を取って部屋に戻ると、パラッツォの玄関へと向かう途中でグラスを返した。そこから桟橋へとおりて、待機している水上タクシーへと案内する。

フェイはプリモがシルクタイを解いてケープを脱ぎ、むき出しの肩にかけてくれて初めて、自分のケープを忘れてきたと気づいた。彼の体のぬくもりがまだ残っていて、フェイの肌に染みて鳥肌が立った。

「ありがとう」フェイはマスクの薄いレース越しに彼をうかがった。彼は口元をきつく結んでいる。

「どういたしまして」彼はフェイの横に座り、座席の背もたれに片腕をかけた。どこに行くのか尋ねるべきだとわかっていたが、自分たちがつかの間でも見知らぬ者同士でいられる幻想を壊したくなかった。

一瞬、フェイはもしかしたら一緒にパーティから抜け出してきたこの男性は、実は見知らぬ他人で、夫への願望をプリモの幻影に求めようとしているのだろうかと思った。それでも彼を再びうかがうと、マスクの下に顎が際立って見えた。鋭くて、険しい。

フェイの視線を感じたのか、彼が顔を向けた。月夜のベネチアを背に、鷹を思わせるマスクの彼におびえてもいいはずなのに、興奮しか感じない。彼は瞳がとても青い。これはプリモ、フェイの夫だった。

船のエンジンが止まり、別の桟橋に向けて進むと、奥にそびえる四階建てのパラッツォが見えた。

「どうしてここに?」見知らぬ者同士を装いつつも、フェイは尋ねていた。ベネチアの古いパラッツォの一つなのは明らかだ。出張で運河をのぼりくだりするうちに、フェイも気づいていた。ほとんどのパラッツォの所有者も知っていたが、このパラッツォは知らない。代々受け継がれてきたものだろう。

プリモは答えた。「最上階のアパートメントを僕が所有し、残りはモネガツィオ家の所有だ」

フェイは思わず息をのんだが、プリモが船から降りようとしていたために、そのショックは顔に出さずにすんだ。彼がフェイに手を差し伸べ、彼女はその手を取り、もう一方の手でドレスを持ちあげると、コンクリートの上に降り立った。

モネガツィオ家はベネチアで最も由緒ある、尊敬されている一族だった。個人で美術品のコレクションを所有し、それは伝説ともなっていて、公にされたことはない。そしてどうやら、フェイの夫は一族の最上階のアパートメントを所有しているらしい。

プリモは水上タクシーの運転手と〝ではまた《チャオ》〟と〝ありがとうございます《グラッツィエ》〟と言葉を交わし、巨大な装飾の施されたドアにフェイを案内した。ドアがまるで魔法のように開いて、黒いズボンに黒いセーター姿の優雅な物腰の年配男性が向こう側で迎えた。

フェイはプリモが男性をマッテオと呼ぶのを聞き、二人はイタリア語で短く言葉を交わした。明らかに管理人《コンシェルジュ》のようで、男性はフェイに一礼すると、玄関ホールから開いたドアのほうへと姿を消した。おそらく男性の管理するアパートメントなのだろう。

プリモはフェイをパラッツォの奥へ案内した。フェイは壁一面の絵に興味深げに目を向けながら、凝った装飾の色あせた絨毯《じゅうたん》の上を歩いていった。大きなテーブルの立派な花瓶に生花が活《い》けられている。

フェイは突然、自分たちが最新の金属製の扉の前に立っているのに気がついた。プリモがボタンを押す。フェイは驚きにふっと笑い声をもらした。「エレベーター？　ここにはちょっと無粋じゃない？」

「僕の財力が必要だったのはこのためでもあった。一族の最年長である家長が車椅子に縛られているために、パラッツォの住み心地をよくする必要があったのさ。彼らは資産が豊富でも、現金には乏しい」

エレベーターの扉が開くと、ごく標準的でモダンな内装が現れ、過去にタイムスリップした気でいたので衝撃的でさえあった。エレベーターが上昇し、扉が再び開くと、床が大理石のエントランスホールに出た。円形のテーブルがあり、現代彫刻が置かれている。フェイはすぐにその作家に気づき、立ち止まってじっくりと見ようとしたが、プリモが大股で先にリビングに入っていき、抑えた照明をつけた。

フェイはあとについていくと、ぽかんと口をあけた。窓の外全面に運河を見渡す壮大なオープンスペースが広がっている。このパラッツォが、ほかのパラッツォと隣接していないためだった。部屋の一方は豪華なリビングで、もう一方はわずかに間仕切りがされ、大きなゆったりとしたテーブルを配してダイニングになっている。伝統的な床材のテラゾーに東洋のラグが敷かれている。すべてがクリーム色と金色で統一され、とても贅沢《ぜいたく》だった。天井を見あげると、フレスコ画の装飾で輝いていた。智天使《ちてんし》ケルビムと天使たち、そして雲と空だ。

「これは……」フェイは周囲の美しさを表現する言葉を探したが、うまく見つからなかった。

「これは少し……僕の普段の好みより装飾過多だが、でも、周りの雰囲気には合っている」

フェイはうなずいた。「ここを装飾を抑えたミニマリストの空間に変えるなんてとんでもないわ」

「飲み物は？」プリモが飲み物の棚に移動したのが

わかった。フェイは足元がぐらついて、船に乗っているようだった。海のただ中で揺られているみたいで、それがまったくばかげた考えとも思えなかった。フェイは気つけの飲み物を喜んだ。「いいわね」

プリモが彼女を見た。「ジン・マティーニは？」

彼はフェイが選んだ飲み物を覚えていた。胸にかすかに衝撃が走ったが、フェイは首を振った。「強すぎるわ。プロセッコ・ワインがあれば、それで」

彼は首をかしげ、すぐに金色のスパークリングワインのフルートグラスを持ってフェイに近づき、自分にはウイスキーらしい飲み物のグラスを持っていた。彼がグラスを差し出す。「サルーティ」

彼のグラスにグラスを合わせ、乾杯の声に応えて、フェイはひと口飲んだ。発泡ワインがはじけて喉を通っていく。完璧に冷えて、香り高い。興奮に心の動揺が加わって、血管の中でうなりをあげていくようだ。ほかの男性と夜をともにする前にこんなふうに感じたことはなかった。フェイが大胆になっているからでなく、これまで誰一人として、こんなにも深くフェイの心を動かした男性はいなかったからだ。

プリモは片手をあげ、自分の顔を身ぶりで示した。「気にならないか？」

フェイの心臓が大きく打った。彼にそのままの格好でいてくれと頼むのはばかげているだろうか。フェイはただ首を振った。「ちっとも」

それでも彼が自分のマスクを取ると、フェイは少し離れて壁の絵に目をやった。どれもが印象的ですべて本物だが、明確な収集パターンがうかがえない。

彼女は一枚の絵の前に立った。「ルノワールね」

プリモがそばに来てフェイの横に立つ。「見てのとおり僕のコレクションには少し……雑多なところがある」自嘲《じちよう》ぎみに言う。「僕には大した知識があるわけじゃない。重要なものを体系立てて集めるとか、物語や歴史を題材にしたものを集めるとかではなく、自分の気に入ったものを選ぶ傾向がある」

フェイは壁の絵をなおも見てまわり、オランダの雪景色を眺めた。「実際、それが美術品の購入で一番いい方法なのよ――必要に迫られてでもなく、はやりすたりを追うでもなく」

「きみはどんなふうに美術品を買うんだ？」フェイはプリモを見つめ、彼女を見つめるプリモはもう顔は隠さず、壁に一方の肩を突いている。フェイは一瞬、息をのんだ。プリモはとても美しい。この男性が本当にフェイを望んでいるのだろうか。

特別なところなど何もない彼女を。

フェイは今、彼に何をきかれたか必死で思い出そうとした。美術品だ。どんなふうに美術品を買うか。

フェイは首を振った。「実は、自分の一族のコレクションを管理するのを別にすれば、美術品を多くは集めてないの。顧客が何を求めているかは大いに意識するところだけど。これまで作品を買ったことはあるけれど、結局はいつも手放してしまうのよ」

プリモはフェイの手からグラスを取りあげて置くと、言った。「手を見せてくれ」

フェイは困惑しながらも、そうした。プリモがドレスに合わせた手袋を取り去る。脱がされたのは手袋だけなのに、ばかげたことに、ひどくむき出しにされた気がした。プリモは手袋を脇に置くと、婚約指輪と結婚指輪をした手を取り、持ちあげた。

彼は片眉をあげた。「きみはもう人妻だろう？」

フェイが顔をしかめると、プリモは彼女の手を放し、両手をあげた。「まだマスクの後ろに隠れるのか」

最後の一縷《いちる》の幻想を手放したくはなかったが、ずっと着けているのもばかげた気がして、フェイは背を向け、プリモに後ろから外してもらおうとした。

プリモがいつまでも何もしないので、フェイが向き直りかけたとき、ようやく彼の手を頭の後ろに感じ、マスクが外され、フェイの手の中に落ちた。

フェイは振り向こうとしたが、プリモの指がまだとどまっていて、シニョンに結った髪を留めているピンを抜いていく。髪の房がフェイの肩に落ちかかり、やがてピンがすべて抜けると、彼は指でフェイの髪を梳《す》いて、頭皮をマッサージした。

それはフェイには予想外で、プリモの大きな手が頭皮にふれる甘美な感覚に、フェイは目を閉じた。快感に喉を鳴らしそうになったが、フェイは何とか目を開けて向き直り、彼の手を振り払った。

プリモの瞳が青くきらめいている。「きみはまだケープを着けたままだ」

フェイは黙って顎をあげ、プリモにケープの紐《ひも》を解いてもらおうとした。彼の指が結び目を軽々とほどいた。ケープが床に落ち、フェイはかすかに身を震わせた。肩と胸の上部があらわになっていた。

プリモが手を差し出すと、フェイはしばらくそれを見つめていたが、彼の手に自分の手を重ねた。プリモの指がフェイの手を包み込み、彼はリビングから廊下を通って別のドア口へと導いた。彼の寝室だ。

そこは五感を楽しませる至福の空間だった。寄木張りの床に、ムラーノガラスのシャンデリア。シノワズリー様式の手描きの壁紙、金色の縁取り。大運河を見渡すバルコニーに直接出られるフレンチドア。ロココ様式の広いベッドは、ヘッドボードに金色の縁取りが施されている。真新しい純白のリネン。

ベッドから目を離せないでいるフェイに、プリモが言った。「いいのか?」

プリモはフェイに断ってもいいのだと許可を与えている。その配慮にうかがえる何かが——特に二人は今ではもう結婚しているのに——フェイの防御壁の一部を突きくずした。フェイはうなずいた。うなずくしかなかった。フェイは彼が欲しかった。

ところが、プリモはすぐにでもフェイを奪うだろうと思ったのに、彼は言った。「顔をあげてごらん」

フェイは少し戸惑いながらも顔をあげ、思わず声をあげた。天井には、メインルームと同じように色彩と雲とケルビムたちがあふれていた。それでも、これは少し違っている。フェイはこの画家が誰かわかったが、とても信じられなかった。

「ティエポロ？」フェイはロココ風の装飾画で知られる、名高いベネチアの画家の名をあげた。ティエポロは個人のパラッツォの天井画や壁画を手がけたそうだが、フェイはまだ実物を見たことがなかった。

「ああ」

「この天井画の価値は計り知れないわ」

「そうだな。僕はアパートメントは所有していても、この天井画は所有していない」プリモは明かした。

「この芸術は世界のもので、個人向けじゃないわ」

「確かに」やがてフェイは天井画から視線をそらし、プリモを見た。二人の間の空気が震えるようだった。

プリモは手を伸ばし、フェイの髪のひと房を一方の肩にかけた。「きみは自分がどんなにすばらしいかわかっているのか？」

フェイはさっと頭をさげたが、プリモが指先で顎を持ちあげた。彼女は言った。「そんなことは言わなくていいのよ……。ここに来たのは言い寄られるためじゃない。私たちはもう結婚したのだから、こうなると決まってるのよ」

プリモの目に何かがきらめいたが、フェイはどんな感情かまでは読み取れなかった。「あのパーティにいた女性たちの中からきみを選ぶのに、僕たちが結婚する必要はないだろう」

フェイは息をのんだ。「でも、私にはどうしようも――」プリモはフェイの唇に指をあてて言葉を止めた。そしてフェイが息をつく前にプリモの指は唇に置き換わり、フェイは彼の体に引き寄せられ両手がフェイの腰にまわされていた。長く尾を引く一瞬の後、プリモは身を引いた。フェイは目を開け……

焦点を合わそうとした。彼の瞳が熱く燃えている。

プリモは言った。「自分にはどうしようもなかったみたいな言い方は二度とするな」

フェイはごくりと喉を動かした。彼のキスの味がする。「私は……わかったわ」

フェイにとってはまったく新しい感覚だった。しばらくセックスをしていないからではなく、今ようやくわかったのだが、これまでは本能的に自分がコントロールできると感じる男性を選んでいたのだ。この男性はフェイにはコントロールできない。それでも信頼はしている。認めるのは怖いくらいだったが、この十年フェイはずっと自分の身を守ってきた。

プリモが両手をおろし、フェイから目をそらさずに服を脱ぎ始めた。ゆっくりと、入念に時間をかけて、全裸になるまで服を一枚一枚脱いでいく。

フェイの血は熱くたぎり、視線をあげているのもつらかった。プリモが言う。「見てのとおり、僕はもう止まらない」その声がどこか面白がっているようで、フェイは思いきって視線を下に向けた……。

フェイは目を見開いた。彼はすばらしい。どこまでも雄々しく、どうしようもなく男らしい。

「僕だけが少し薄着な気がするんだが」プリモが言い、フェイにまだ仮面舞踏会の衣装を着たままだと思い出させ、それが急に窮屈に思えてきた。フェイはドレスの脇のファスナーに手をかけ、引きおろそうとしたが、つかえてしまった。プリモが前に進み出た。「僕にさせてくれ」

ドレスは胸のあたりが緩んだが、驚いたことにプリモはフェイの腕を持ちあげ、腕の内側に唇を押しあてた。純粋な欲求の震えがフェイの体を駆け抜けた。それはひどく親密な行為のように思えた。

プリモは彼女の腕を放した。彼は再びフェイの前に立ち、胸元からゆっくりとドレスを脱がせ、ヒップの上で引っぱって床に落とした。

フェイは今、そろいの下着姿でプリモの前に立っていた——ブラはストラップレスで——あとは靴だけだった。彼女が靴を脱ぐと、大柄で長身のプリモのそばでは二、三十センチも低く見え、自分がとても小さく感じられる。それでも不安でもおじけづいてもいなかった。プリモがフェイを見ている。きらめく視線が、薄いブラのカップからこぼれる胸、腹部、ヒップ、腿へとおりていく。「きみは美しい」フェイも同じことを言い返したかったが、恥ずかしかった。ありがたいことに、プリモが再びフェイの手を取り、ベッドへと導いた。彼は腰をおろすと、フェイを自分の脚の間に引き入れた。

「後ろを向いてくれ」しわがれた声で命じる。

フェイは従った。ブラが外され床に落ちた。さらにショーツがヒップから引きおろされると、フェイはそれを脱ぎ去り、一糸まとわぬ姿になった。

彼がまた向きを変えるようにそっと促し、フェイが従うと、彼の口がフェイの胸と同じ高さになった。プリモは胸のふくらみを片方包み込むと、身をかがめ、熱い唇を張りつめた胸の先端に押しあてた。フェイは頭を後ろにそらし、何かにすがろうとして、彼の髪に両手を差し入れた。プリモの口に吸われ、熱く酔いしれる渦の中で、フェイは我を忘れ、胸の先から脚の間へと貫く張りつめた興奮に見舞われた。フェイは彼の膝にはさまれ、腕で支えられるまで、脚から力が抜けて立っていられなくなっているのがわからなかった。鼓動が高鳴っている。

プリモは立ちあがり、フェイを抱えてベッドに横たえた。引き出しのほうに行って何かを取り出し、短くつぶやく声が聞こえる。フェイは避妊の心配をしているのだと気づいて言った。「大丈夫よ……」

プリモは未開封のホイルの包みを手に彼女を見た。

フェイは言った。「妊娠の心配はないから」しいて詳しくは説明せず、彼女が避妊用ピルを服用していると、プリモは解釈したのだろうと思った。

彼は避妊具を戻し、ベッドに近づいてきた。「僕は検査を受けている。しばらく恋人もいなかった」

「私もよ」フェイは言い、また恥ずかしくなった。

彼はフェイに再びキスし、片腕をフェイの背中の下にまわして持ちあげ、彼女の胸を自分の胸に押しつけた。胸毛がフェイの敏感になった肌にこすりつけられた。フェイはプリモの下で身じろぎし、さらに大胆になって、片手を這《は》わせて彼のこわばりを探りあて、指で包み込んだ。彼の明らかな興奮の証《あかし》が誇らしかった。フェイがそうさせたのだ。彼女にはそれがこの世で最大の媚薬《びやく》となった。

すると、彼がフェイの手を自分から離して言った。「もう我慢できない。きみの中に入れてくれ」フェイにはもう励ましは必要なかった。両脚を開いてプリモにまわし、自分の体の中心へと彼を導く。二人の肌がなめらかにこすれ合う。フェイはあえいだ。プリモは少しの間じらし、こわばりの先端でフェイのひだをなぞった。フェイが腰を突きあげると、プリモの先端がフェイをとらえた。フェイは大きく目を見開いた。「やはり僕たちは相性がいいんだな」

フェイにはよくわからなかったが、彼女はもう半狂乱だった。「お願い……」

「目を開けて。誰と愛し合ってるかちゃんと知っておいてほしいんだ。仮面舞踏会で出会った見知らぬ男ではなく」フェイはプリモを見つめた。

「もちろん、あなただと、わかってる……」たとえあなたが、そうでないふりをしても。フェイはプリモの腕に手を置いた。「お願い、プリモ……」

その名を言うと、コントロールの最後のたががはじけたように、プリモがフェイの中に身を沈め、あますところなく満たし、フェイはあえいだ……。

5

カーテン越しに差し込む柔らかな夜明けの光に目を細め、プリモは手を伸ばしたが……何もない。彼は目を完全に見開いて、片肘を突いて身を起こした。ベッドには誰もいない。だが、まだかすかに暖かい。いなくなってさほど時間は経《た》っていない。

彼はまた身を横たえた。これ以上知るまでもなく、彼女はもう行ってしまった。彼の直感は正しかった。一緒にいて、二人はすばらしかった。予想以上だ。あれほど相性のよさを感じた女性は初めてだった。

彼女を誘惑するためにベネチアを訪れたプリモの賭けはうまくいった。新妻と初夜を迎えられなくても憤りやいらだちはなかったし、二人が互いをほとんど知らないのは、プリモには好都合で、この結婚がビジネス取引の一環であるのも都合がよかった。

彼女がプリモの前で気後れしているのはわかっていた。明らかに最初の結婚で彼女は痛い目に遭っている。よい結婚ではなかったと、彼女も言っていた。

プリモは体に残る満ち足りた気分に口元をほころばせた。今では彼女も二人で一緒に過ごすのがどんなにすばらしいかわかっただろうし、彼の妻という役割に少しはリラックスできるようになっただろう。

プリモはベッドから飛び出し、裸でフレンチドアへと歩いていって開け放った。バルコニーに出て見おろすと、水上タクシーが桟橋から出ていくところだった。乗客の肩で波打つ黒髪がはっきりとわかり、深紅のドレスがひらめいている。タクシーは速度をあげ、妻を次の目的地へと連れ去った。

プリモの笑みが広がった。

フェイは水上タクシーがもっと速く走ってくれるよう祈った。そうすれば人々が中をのぞき込んで、仮面舞踏会の衣装のまま座っているのを見られることもない。髪は寝乱れたままで、昨夜の情熱の名残で化粧もはがれている。昨夜のことを思い出し、フェイはうめき声を押し殺した。春の朝の新鮮な空気の中でさえ、あの記憶が弱まることはない。

フェイがいないとわかって彼はどんな反応をするだろうと考えると、頬が熱くなってくる。でも去らねばならなかった。彼と座って朝食をともにするようなありふれたことをするのは、二人が分かち合ったもののあとでは、ひどく親密すぎる気がした。

それに彼ともう会わないわけではない。二人は結婚したのだから！　週末、マンハッタンで開かれる毎年恒例のチャリティ舞踏会に出席することになっている。欠かせない社交の場だ。プリモが言うように夫婦として社交界に顔見せするよい機会だった。

でも今、フェイはどうやって彼とまた顔を合わせたらいいのか見当もつかない。フェイはとても……奔放で、貪欲だった。彼はフェイを強欲で、低俗な女に変えてしまった。それでもホテルが見えてきて、タクシーが速度を落とし始めると、口元にかすかに笑みが浮かんできた。なぜなら彼はフェイの中の何かを解き放ったのだから。フェイは少しも後悔していない。体は昨夜の余韻でまだ火照っていた。

ボートが桟橋に着岸するとホテルの接客係が進み出て、タクシーから降りるフェイを助けた。ロビーに入るとカップルとすれ違ったが、フェイを見るなり目をむいた。フェイはもれそうになる笑い声をのみ込んだ。自分は見知らぬ相手とみだらな夜を過ごして帰ってきた女などではなく――ちゃんと夫と一夜を過ごして帰ってきたのだと説明したかった……。

だがそんな考えに、フェイは冷静さを取り戻した。

エレベーターで部屋にあがりながら、フェイはプリモがベネチアにまでついてきて彼女を捜し出したのは、この結婚を完璧なものにすると宣言した彼の決意をはっきりさせたにすぎないのだと思い知った。ロマンティックな行動などではなく、完全に現実的な行動だったのだと。そしてフェイは不本意ながらも彼に従おうとさえしなかった。彼の意志の強さとカリスマ性に目がくらんでいながら。

フェイはこの結婚のために出した条件と、それが短期のものにすぎないという認識を忘れるわけにいかなかった。なぜならフェイは昨夜、プリモがこれまで経験したことのないやり方で彼女を屈服させかねないと悟ったからだ。あまりにも危険すぎる――フェイの大切な独立心や、再び傷つきたくないと願う、深く根ざした欲求さえ危うくしかねない。

マンハッタン、グリフ慈善イベント

癌《がん》研究の基金集めのために毎年開催される慈善舞踏会は、ニューヨーク最大の社交イベントの一つだった。マンハッタンを代表するホテルで催され、招待状はニューヨークの著名人たちによって構成される実行委員会から発送され、招待状が届くか届かないかによって、人々の名声のほどが左右される。

フェイは舞踏会場へとおりていく階段脇に立っていた。会場は社交界を彩る人々でにぎわい、周囲にめぐらされた金縁の鏡には、きらびやかな光景が何千倍もの輝きを放って映し出されていた。

見間違いならよかったのだが、フェイはすぐにプリモを見つけた。周りのほとんどの人よりひときわ高くそびえているのだからすぐに目につく。ライトが豊かな髪を照らし出し、金色に光って見える。

まるでフェイの存在を察知したように、プリモは顔をあげ、視線がすぐに彼女に集中した。フェイは電流が血管に流れ込んだようにいっきに熱くなった。

ベネチア以来、初めて彼を見た。ほんの数日前なのに、まるで今朝彼のベッドから出てきたように、感覚がすぐによみがえってきた……そして記憶も。

彼はまっすぐフェイのほうに歩いてくると、階段をのぼってきた。黒いタキシードに身を包み、相変わらずゴージャスだ。周囲が静まり返り、視線が二人に注がれているのを感じる。プリモは二人一緒に到着するのを望んでいたが、フェイが美術品のオークションに出て、アパートメントに戻って着替えねばならず、彼との待ち合わせに間に合わなかった。だから二人は別々に来たのだった。

彼が目の前まで来ると、フェイは目をそらすことができなかった。青い瞳がフェイをとりこにする。プリモが彼女に手を伸ばし、腰に腕をまわして引き寄せる。抵抗する間もなく、フェイは強く引き寄せられていた。そしてプリモは彼女の顎をあげ、ゆっくりと時間をかけてキスをした。フェイは力が抜け、体の内からとろけていった。彼には二度とこんなに反応するまいと自分に言い聞かせていたのに。明らかにむだな努力だった。

彼はさっと顔をあげた。「こんばんは、奥さん」

フェイは顔をしかめ、胸のふくらみが彼の胸にきつく押しつけられているのを意識しないようにした。

「私にはちゃんと名前があるわ」

彼はほほ笑んだ。「笑って……みんなが見てる」

フェイはおとなしくほほ笑んだ。

彼はもう少し身を引いて、フェイの体を見おろした。「きみは……きれいだよ、フェイ」

押しとどめる間もなく、フェイは喜びに輝いていた。それでもこのドレスは慎重に選んだ。だから彼がドレスに気づいてくれたのがうれしかった。フェイはクラシックな形と色にこだわり、人目を引きすぎるものは避けていたのだが、このドレスはオークションハウスの近くの店のショーウインドーで見かけ、自分の内の少女の声に応えて買ったものだった。

「ありがとう」フェイは応えたが、プリモがどんなにゴージャスかは恥ずかしくて伝えられなかった。

もちろん彼にはわかっているだろう。

「きみはベネチアで朝食の前にいなくなった」

「会議があってニューヨークに飛行機で戻ったの」

「お手軽な一夜の情事の相手にされた気がした」

フェイは鼻で笑った。「あなたは情事のあと、相手に泊まっていけと勧めるのがお決まりなの？」

プリモは片手をあげた。結婚指輪が光っている。

「僕は今は既婚者だ」

フェイは彼が自分のものだと示すこの印に、喜びの鼓動を抑えられなかった。フェイのものだ。彼はまたフェイの質問をうまくはぐらかしたけれど。

プリモはフェイの手を腕に差し込むと、言った。

「では、ジャッカルたちに会いに行こうか」

カクテルとカナッペの前菜のあと、豪華な晩餐《ばんさん》へと進み、締めくくりはオークションだった。ありとあらゆるものが競売にかけられ、無名のイギリスのサッカーチームのオーナー権から、世界的に有名なスパイ映画で最後にスクリーンに登場した、ヴィンテージもののアストンマーチンまであった。

オークションが大騒ぎのうちに幕を閉じようとすると、プリモは立ちあがり、ダンスフロアへと移動し始めた人々のあとに続いた。フェイは彼を見あげ、めまいを感じ、それでもまだ座っていた。プリモが黙って手を差し伸べて促す。いまいましい男。

フェイは彼の手を取った。「喜んで」

隣の部屋では、バンドが軽快な曲を演奏していた。プリモはフェイを腕に引き寄せ、見おろした。「これが公の場で、僕たちの初めてのダンスになる」

「そのためには、これ以上の舞台はないってわけね。あなたが新たな立場に身を落ち着けたと印象づけたい、まさにその人々の前ですもの」

プリモがちっちと舌を鳴らした。「僕が身を落ち着けたと人々に納得させる以上のものを、僕はこの結婚から得ようと思っている」

フェイは良心が痛んで、プリモの視線を避けたが、彼がフェイの体を離して勢いよくまわし、また腕の中に引き戻したので、その動きに助けられた。

すると彼が尋ねた。「この前の朝なぜいなくなったんだ。予定があったなどとごまかさないでくれ」

フェイにはもう隠せなかったが、どんなに強烈な経験だったか認めるのは避けようとして、言った。「自分だけの居場所に慣れているものだから」

プリモは顔をしかめた。「きみは離婚経験者で、最初の夫のベッドから逃げ出したとは思えないが」

フェイは流産し、手術を受けたあと、独りでベッドで目覚めたときがフラッシュバックした。夫はそれ以来、フェイとは朝食もベッドもともにすることはなかった。彼らの結婚の幸福は、笑ってしまうほどつかの間だった。フェイは強いて笑みを浮かべたが、それはもろいものだった。「もうずいぶんと昔で、思い出す気にもならないわ」

「僕が立ち入ることではないな」プリモは認め、フェイを驚かせると、さらに言った。「大事なのは今この瞬間で、僕たちが結婚している事実だから」

フェイは彼が簡単に受け入れてくれたことに感謝した。成熟した大人の対応だった。「ありがとう」

プリモがほかのカップルとぶつからないようにフェイの体をまわし、きつく彼の体に押し戻すと、鞭《むち》のように力強い筋肉の感触がはっきりと感じられる。一瞬でも目を閉じただけで、思いはベネチアへと飛んでいき、彼の体が初めてフェイの体と結ばれたときの感触がよみがえってくる。

フェイは突然、欲求に満たされた――二人のあらゆる動きを目で追い、ささやき合う声から逃れたいという欲求だった。プリモが動きを止め、フェイを見おろした。「もういいな?」

今度もフェイは、彼女の心が読み取れるような、プリモの不思議な取りなしに感謝した。

フェイはうなずいた。「ええ」

プリモがフェイの手を取り、ダンスフロアから連れ出した。二人はロビーへと向かい、フェイはコートを受け取った――ドレスとそろいの軽い七分丈のジャケットだった。ひどく遅い時間なのには驚いた。いつもなら、この種のイベントは退屈きわまりない。それでもプリモはくっついて離れないようなデートはしてこなかったし、フェイにまといつかれるのも期待してなかった。彼自身の会話を楽しみ、自分に自信を持っていて……フェイにはまれな経験だった。

プリモの車が来るのを待ちながら、フェイがタクシーを呼ぶべきか迷っていると、彼は言った。「僕の運転手がきみを乗せていってもいいが、きみには僕のアパートメントに一緒に来てほしい。急ぎの予定はないと思ったが」フェイはなぜそんなことを知っているのか尋ねてもよかったが、プリモの要請で、フェイのアシスタントと彼のアシスタントは二人の社交の行事や仕事の予定を合わせるために、一緒に働くことになっていた。プリモが今ではフェイのスケジュールを彼女と同じくらい詳しく知っている事実には、まだ少し戸惑いがあったが、それは双方にとって有益だと気づいて、フェイはほほ笑んだ。

「あなたはロンドン行きの早い時間のフライトに乗るんじゃなかったの?」

彼は首をかしげた。「ああ、だがきみにひと晩中起こされていても、僕は飛行機の中で眠れる」

フェイはわずかに肩をすくめ、ひと晩中彼を眠らせないと思っただけで、体にあふれてくる興奮の熱気を押し隠した。「どうして?」

すると、そのときちょうど、プリモの運転手が二人の前に現れ、飛んできて車の後部ドアを開けた。

フェイが乗り込み、プリモは反対側にまわった。

プリモのアパートメントまで長くはかからず、フェイは、現実的に考えて、プリモのアパートメントに引っ越すのが理にかなっていると認めざるをえなかった……だがそれはフェイが踏み出す心の準備ができていないステップだった。

日々の暮らしで関係が親密になっていくと、フェイは最初の結婚を痛いほど思い出すようになるだろう。そしてもう跡継ぎが儲《もう》けられないとわかったとたん、夫がフェイを結婚生活から締め出したことも。

プリモとの間にも同じことが起きるかもしれない。そう思うと、フェイは一瞬息が苦しくなった——気をつけなければ。プリモはフェイが詳しく知りたくない形ですでに影響を及ぼしている。

車がなめらかな動きで停《と》まった。公園に隣接する高層ビルの外側で、フェイが降りると、プリモが待っていて手を差し出す。フェイがその手を取ると、カメラのフラッシュがひらめいて、パパラッチに追われていたのがわかった。

プリモは低く悪態をつき、屋内に入ると言った。

「すまない。尾行されていたのに気づかなかった」

フェイはかすかに肩をすくめた。「だからあなたと一緒に帰ることにしたのよ——さもないと明日、新聞のゴシップ欄に、私たちが一緒に暮らしていない理由を臆測する記事が載るようになるわ」

二人は今、個人専用エレベーターの中にいた。プリモが壁に寄りかかった。「きみに一緒に帰ろうと言ったのは、そんな理由からじゃない。僕がきみと愛し合いたかったからだ。ベネチア以来、きみのことが頭から離れない」

フェイの心臓が猛烈な勢いで打った。彼女もあの夜が頭から離れなかった。だがそのとき、エレベーターの扉が開いて、話す必要はなくなった。

やがてプリモがフェイを円形のエントランスホー

ルに導いた。床は大理石で、壁は青みがかった薄い柔らかなグレーだった。「ジャケットを預かるよ」

フェイはジャケットを肩からすべらせ、プリモがそれを受け取り、小さなクロークルームに置いた。彼はフェイを一方のドア口から広い応接間に案内した。明るく開放的な空間で、豪華なソファやコーヒーテーブルが置かれている。青とグレーの控えめな色調で、クラシックでエレガントだった。

フェイは壁の一方に何かを見つけ、息をのんだ。歩いていって巨大なキャンバスの前に立つ。プリモが来てフェイの横に立ち、スパークリングワインのグラスを渡した。フェイは言った。「モネね。個人のコレクションで持っているなんて知らなかったわ。《積みわら》《ヘイスタックス》を描いた連作の一枚ね」

「これを使えば、もっと早くきみをここに誘い出せたってことかな？」プリモは冗談を言った。

フェイは美しく光り輝く絵から視線をもぎ離した。

「モネは私の好きな画家の一人よ」

彼は絵を見つめた。「僕もだ――もっとも、きみよりはるかに知識に乏しいと言わざるをえないが」

フェイは首を振った。「知識は関係ないわ。あなたがどう感じるかよ」肌がちくちくするのを感じて振り向くと、プリモがフェイを見ていた。

「きみがどんなに僕を感じさせるか知りたいか？」

フェイはグラスを握りしめた。「私が？」

プリモの視線が黒みを増し、欲望に陰った。「きみが欲しくてたまらない」

フェイも求めていた。彼の愛撫《あいぶ》を感じたい。

「私も欲しい」フェイは認めたが、そう言うと、心の壁が少しずつ崩れていくようだった。

彼がほほ笑む。「そんなに難しくないだろう？」

フェイには顔をしかめたり、プリモに反応したり、本当に気が変わったと告げたりする暇もなかった。ワイングラスを取りあげられ、彼の腕の中でキスされていたからだ。フェイは安堵《あんど》と純粋な喜びの吐息混じりに、体の内が切望に震えるのがわかった。

彼が身を引くと、フェイは自分の体の重みを失ったようだった。プリモが彼女を腕に抱きあげ、アパートメントの中を運んでいく。フェイには屋外のテラスがかいま見えた。きらびやかなキッチン、ダイニングルーム。それから廊下に出て、プリモがドアを蹴って開け、フェイがこれまで見たこともないような巨大なベッドがある広い寝室に入っていた。

部屋は薄暗く抑えた色調で、飾りけのない空間が広がっている。彼の腕からおろされると、フェイは靴を脱いだ。欲求に駆られ、プリモのジャケットを広い肩から押しやると、彼がそれを床に脱ぎ捨てる。さらに彼のボウタイとシャツのボタンを外していく。

プリモはドレスの花綱状のストラップを肩からすべらせておろし、身をかがめてフェイの肌にキスを落とした。フェイはプリモのシャツを脱がせるのをあきらめ、彼に身を任せた。プリモがドレスの背中のファスナーを見つけ、それをおろす。さらにフェイの髪を解いて肩と背中に流した。そして上体を起こすと、彼女を見つめる。「僕を脱がせてくれ」

自分を励ます必要はなかった。フェイは彼のシャツを脇に押しやり、筋肉質な広い胸に目を見張った。この数日、彼のすばらしさを想像したかもしれないが、実際は違った。彼はさらにもっと美しかった。

フェイはプリモの肩から腕へとシャツを脱がせると、再び身を寄せた。だが彼はフェイに触れない。時間を与え、フェイの視線に裸の胸をさらしている。フェイは彼の胸に手を広げていき、指でとがった胸の先端をとらえた。プリモがはっと息をのむのがわかり、フェイは顔をあげると思わずほほ笑んだ。さらに身をかがめ、その先端を舌ではじく。プリモが鋭く息をのみ、彼の敏感な場所だとわかると、フェイは心にメモした。その瞬間、この男性の敏感な場所をすべて知るには百年あっても足りないと知った。すると、いずれ失う鋭い喪失の痛みを感じた。

フェイはそんな考えを脇に押しやり、プリモに酔いしれているのだと自分に言い聞かせた——頭が混乱しているだけなのだと。フェイは彼のベルトとズボンに手をかけ、募る衝動に任せて解き放っていった。そしてズボンと下着をヒップから押しさげると床に落とし、プリモが優雅な動きで身を引いた。

ドレスは胸元が緩んでいて、フェイは引きおろして床まで落とした。ブラは着けていない。今はショーツだけを身に着けていた。プリモがフェイの胸を両手で包むと、フェイはかすかに震えた。親指で胸の先端に愛撫を加えられると、フェイは唇を噛《か》んでうめき声も懇願する声も押しとどめた。

「どうしてほしい、フェイ？」

フェイは身を寄せ、プリモの手を振りほどくと、自分の体を彼の体にすり寄せ、強く動かし、彼のこわばった体がフェイの柔らかな腹部に、痛いほど彼を求めている脚のつけ根に押しあてられる感触を楽しんだ。「私にふれて、プリモ」

プリモがフェイの腰に手をまわし、二人は手足を絡め合ってベッドに倒れ込んだ。彼の手にあらゆる曲線を包み込まれ、キスされ、舌でなぞられ、唇で吸われ、感じやすい場所をことごとく刺激されると、フェイは欲求に我を忘れ、何も考えられなくなった。

フェイが目を覚ますと、ベッドには彼女一人だった。フェイはしばらく身動きもできず、これまでに経験のない満ち足りた気分で手足が重く感じられる。

プリモ以外とでは、ありえなかった。

またしても二人の体の結びつきの激しさに呆然《ぼうぜん》としてしまう。こんなセックスの話を聞いたことはあっても、作り話だと信じていた。ただの自慢話だと。

彼は明らかに経験豊富な恋人で、恥じらいのかけらもなかった――フェイは彼がよく恥ずかしげもなく裸で自分の前に立ったものだと思い、顔を赤らめた――彼だけがあんなふうなのだろうか。彼の恋人たちは皆、フェイと同じように感じるのだろうか。

そう思うと、フェイの中にどす黒いものが渦巻いた。嫉妬だ。だがフェイは否定した。嫉妬などありえない。六カ月後には彼女はプリモの前から去る身で、彼とは結局、何のかかわりもなくなる。時間は限られていて、結婚は目的を達するための手段にすぎない。たとえ後悔はあっても、プリモと同じく冷酷になれるよう自分を奮い立たさねばならない。なぜならプリモは単に都合がいいからフェイと結婚しただけで、ゆくゆくはフェイの一族のビジネスを彼のものにするつもりなのだから。

その結果、フェイの父親は変わった。実際、引退生活を楽しんでいるようなもので、今では、つらい決断を迫られる重荷を肩からおろしていた。

ようやく動けるようになると、フェイは体を起こし、上がけにくるまった。二人がいつ眠りに就いたのか見当もつかない。プリモは今ごろ、大西洋のどこかの上空で、飛行機に乗っている。フェイは起きあがり、続き部屋の豪華なバスルームで体を洗うと、ローブを見つけて羽織り、ベルトを締めた。

寝室に戻ると、明らかにプリモがフェイの脱ぎ捨てた服や下着を拾いあげて椅子に掛けてあるのがわかり、フェイはその事実をあえて無視した。プリモの引き出しから着るものを探そうとして、ためらった。あまりにも親密すぎる気がする。

夫のベッドで一夜を過ごしたあとだから？　からかう声が聞こえる。フェイはそれを無視した。

カーテンを引くと、テラスに通じるフレンチドアがあった。フェイは裸足《はだし》で外に出た。朝の光がまぶしく、空気が新鮮だった。眼下に通りが長く幾筋も続いている。ここからはセントラルパークが望める。

フェイのアパートメントは公園の向こう側で、この絶景からさらに一ブロック奥まったところにある。自分の稼いだお金で購入した部屋だ。その事実がひどく誇らしかった。フェイは寝室に戻り、もっと探検してみることにした。するとアパートメントのメインルームから物音が聞こえて、フェイは立ち止まった。プリモはまだ出かけていないのだろうか。

彼はまだ出かけておらず、フェイともっと一緒に過ごすつもりなのだろうか。そう思うと胸がときめいた……。だがキッチンに行くと、そこには年配の女性がいて、黒のパンツとシャツ姿で、つややかな白髪交じりの髪を優美なボブにしている。

女性がフェイを振り返ったので、ローブの下は裸だとすぐに気になった。「おはようございます、ミセス・ホルト。マージョリーです。ミスター・ホルトの家政婦で、家事全般の雑用をこなしています」

フェイはその女性の温かく優しい物腰と差し出された手に応えずにいられなかった。「どうか、フェイと呼んで……まだミセス・ホルトと呼ばれるのには慣れなくて」どんなに控えめに言っても。

女性はフェイにほほ笑みかけた。「おなかがすいているでしょう……どうぞこちらへ」

彼女はフェイを隣の形式ばらないダイニングルームに案内した。そこには本当に食欲をそそるものが並んでいた。新鮮なフルーツ、グラノーラ、ヨーグルト、ペストリー、コーヒー、紅茶……新聞も。

「よろしければ、朝食をお作りしましょうか？」

フェイは首を振った。一人暮らしが長く、こんなふうに誰かに待っていられることもなく、朝食の時間などほとんどなかった。「いいえ、必要ないわ――でも、ありがとう」

「ミスター・ホルトが服を手配してくれました――引っ越しがまだ終わっていないとおっしゃって」

フェイは弱々しくほほ笑み、ドアのそばに置いてあるデザイナー・バッグを見た。「ありがとう」

マージョリーはフェイが朝食を楽しめるように一人にしてくれた。フェイはフルーツにグラノーラとヨーグルトを食べながら、バッグを疑わしげに見た。そして詳しく見る前に、コーヒーを無理やり流し込んだ。彼は夜明けに出ていった――フェイが喜びの余韻から覚めきらないうちに。いったいどうやってこれを手配できたのだろう。

ついに抑えきれない好奇心に、フェイは立ちあがり、詳しく見ていった。パンツ、トップス、下着、フラットシューズ、ハイヒール、洗面用具などを取り出す。レジャーウエアやジーンズもある。シンプルでエレガント――フェイが選びそうな服だった。

携帯電話がどこか近くで鳴り、フェイはホールのテーブルの上に置かれたイブニングバッグの中に見つけた。顔が熱くなった。ここに着いたとき、それをどこに置いたかすら覚えていなかった。プリモにすっかり夢中で、せっぱつまっていた。

プリモからのメールだ――たぶん大西洋の上空から。〈おはよう、ぐっすり眠れたのならいいが。きみの服を手配しておいた。僕はロンドンからパリに行かねばならない。金曜の夜、カクテルパーティがある。一緒に出席するイベントのリストには載っていないが……パリは芸術の都だよ。P（きみの夫）〉

フェイはすぐにメールを返した。〈服をどうもありがとう。仕事の都合をつけてみるわ。F（あなたの妻）〉彼のまねをして〝あなたの妻〟とした部分を削除する前に、メールを送り、携帯電話を投げ出していた。心が十代の娘のように飛び跳ねている。まさか。この結婚に同意したとき、こんなことになるとは思ってもみなかった。

6

パリ

「パリで春ほどすばらしい季節があるかしら」カクテルパーティでプリモの隣に居合わせた女性が、少し耳ざわりな声で笑った。「月なみだけど、今のパリは本当に美しいと思わない？」プリモはパリの美しさを知らないわけではなかったが、恥ずかしいことに、いつもそれを当たり前だと思っていた。今日、彼は初めて、ランチミーティングのあと、少し時間をかけてセーヌ川沿いを歩いてホテルに戻った。そして花が咲き誇る木々や、犬を連れて散歩したり、ランチを楽しんだりしている人々に気づいた。恋人たちが熱い抱擁を交わしているのにも気づいた。そして、フェイのことを思った。この前のマンハッタンの夜以来、二人の熱い抱擁が頭から離れなかった。

さっきフェイからメールが来て、勝ち誇った気がしたのが不思議だった。〈顧客との会合をいくつか調整したわ。イベント会場で会いましょう。F〉

ロンドンで会合に臨んでいた彼は、まるで片思いの相手がつき合ってくれることになったティーンエイジャーのような気分だった。ばかばかしい。

プリモは今、自分が顔をしかめているのに気づいた。隣で〝パリは本当に美しいと思わない？〟と言った女性が、少し心配そうに彼を見ている。プリモは表情を取りつくろった。「そのとおりです。春のパリは最高に美しい。では、失礼します」

プリモは向き直って歩み去り、彼女はどこにいるんだと自問した。すると、うなじの産毛がざわつい た。彼は階段を見あげた。パーティ会場へとおりてくる階段だ。フェイは膝丈の流れるような黒のカクテルドレスに身を包み、階段の一番上に立っている。ノースリーブで、あくまでクラシックなデザインだが、胸元はV字に深くくれていて、フェイが動くと、ビーズを複雑にちりばめたレースが輝きを放った。

かかとの高いヒールで階段をおりてくるフェイから、プリモは目が離せなかった。しなやかな長い脚。彼の体の奥が脈打ち、深く鼓動を刻んでいる。

プリモはフェイを迎えに階段の下まで歩み寄った。フェイは階段の最下段に立ち、プリモよりわずかに高い位置にいた。プリモは彼女に見入り、誘惑に負けてキスをした。フェイが息をのむのがわかったが、すぐにプリモの唇に柔らかく応えた。背後のパーティ会場が混雑していなければ、フェイを抱き寄せ、ドレスの縁《へり》から手をすべり込ませ、胸のふくらみを包み込むのがどんなに簡単か見せつけていただろう。

プリモはしぶしぶ身を引いた。フェイはまばたきをして彼を見た。髪は後ろでまとめられ、低い位置でつややかなポニーテイルにしている。最小限の宝石しか身に着けていなかったが、婚約指輪と結婚指輪をしているのがわかって、プリモは自分でも戸惑うほど強い満足感を覚えた。

「来てくれてありがとう。とてもすてきだ」

フェイが突然はにかんだ。これまでプリモが見たことのない表情で、それはフェイがいつも自信に満ちて見えたからだった。プリモは二人が愛し合う前、フェイがよく少し恥ずかしそうにするとは思ったが、彼女はすぐに熱くなって燃えあがった――。

「ありがとう。あなたも……すてきよ」

プリモはひどく伸びやかで軽やかな気分が胸に満ちてきた。フェイの腕を抱き寄せ、パーティ会場へ導いていく。「それで、きみは僕に会えなくて寂しかったから、僕に同伴されてもいいと思ったのか」

「それほどでもないわ」そっけなく応じる。

　プリモはフェイの腕を放し、ウエイターからスパークリングワインのグラスを二つ取ると、一つをフェイに渡した。「乾杯《サンテ》」

　フェイは眉をあげた。「フランス語を話すの？」

「ああ《メ》、もちろん《ビアン・シュール》。スペイン語、イタリア語、ドイツ語、それに北京《ペキン》語もどうにか」

　フェイは少し澄まし顔で言った。「私も。それにアラビア語とペルシャ語もどうにか。数年前、イランにペルシャ美術の研究で何カ月か行ってたわ」

　プリモは頭をさげた。「きみのすぐれた語学力には脱帽だ。では、きみのハンサムで男らしい夫以外だと、きみはパリのどこに惹《ひ》かれて来たのかな？」

　フェイの顔がピンクに染まった。プリモは彼女をからかい、困らせて楽しんでいる。「リニューアルオープンしたコンティ・アートギャラリーよ」

「それは現代美術か？」

　フェイはうなずいた。「よくできました」

「いつ行くつもりだ？」

「明日――開館前の早い時間に。顧客の厚意でプライベートツアーを手配してくれたの」

「僕も一緒に行こう」

　フェイは少し驚いたようだった。「現代美術に興味があるの？」

「特には。だが、きみが興味を持たせてくれる」

　フェイは首を一方にかしげた。「個人的に約束を取りつけるのに、どれだけかかるか知ってるの？」

「もちろん僕が相応の埋め合わせをさせてもらう」

　フェイがまた少し顔を赤らめた。口を開いて何か辛辣なことを言おうとしたが、その前にパーティの主催者が口をはさんだ。「プリモ、こちらはきみの新婚の奥さんだな！　紹介してくれないか」

　プリモはフェイの拍子抜けした表情に笑みを抑え、彼女の手を握って主催者に向き合った。

フェイはプリモに背中をなでられたり、手を握られたりするのが、こんなにすばらしくなければいいのにと思った。近くにいると、彼はフェイにふれずにいられないようで、フェイもそれは同じだと認めざるをえなかった。でもプリモがするように、自分から体のふれ合いを求める勇気はなかった。それはフェイに最初の結婚のつらい記憶を呼び起こした。フェイにとってスキンシップは当然で、夫も同じだろうと信じていたので、人前でも夫にふれるのに心地よさを感じた。ちょっとしたしぐさで……手を背中に置いたり、座っているときは腿に置いたり……。

ところが夫は必ず体をこわばらせ、身を引いた。そして小声で言った。〝ここではやめろ、フェイ〟

フェイは自然な衝動を抑えることを学び、以来、どの恋人も彼女とのふれ合いを楽しむことはなかった。だがプリモは違う。それでも、フェイがプリモに手を伸ばし、何か悪いことをしているような視線を向けられるかと思うと、彼女の衝動は抑えられた。

パリは夕暮れに包まれ、外にはエッフェル塔が遠くに輝いて見える。フェイが化粧室から戻ってくると、プリモは男性と話し込んでいた。フェイは一瞬、彼の整った容貌と体格のすばらしさに目を奪われた。濃紺のスーツに水色のシャツで、襟元が開いている。ありえないほど魅力的だった。フェイは実際、息をするのも苦しかった。おそらく彼女がパーティ会場に着いてプリモと目が合い、階段の下まで迎えに来てもらってからずっと。開け放たれたフレンチドアが見えて、フェイは屋外のテラスに向かった。外の空気が吸えて、プリモが感じさせるさまざまなもつれた感情を整理する時間が持ててうれしかった。何より体の内でいつまでもくすぶるこの欲求について。

プリモの三メートル以内まで近づくと、フェイはまるで電気のスイッチが入ったようだった。

今夜のことを考えると、体中が熱くなる。フェイのアシスタントによると、プリモはパーティが開かれるホテルのスイートを予約しているという。だからフェイもひと部屋予約した。プリモが彼女と相部屋になるのを期待しているとわかっていたが、それでもこの結婚の取り決めに完全に身を委ねることに抵抗したい気持ちがまだどこかにあった。

この結婚が長くは続かないとわかっているからだ。フェイが抑えきれない情熱に駆られてプリモと結婚したなどという幻想を、彼がみじんも抱いていないのはフェイにもよくわかっている。二人とも、これがもっと大きな取引の一環だと知っている。

そしてプリモは、フェイが六カ月後には別れを切り出すものと思っている。フェイがとどまる約束にはなっていないのだから。フェイが一線さえ越えなければ、プリモがあざむかれることはない。

簡単だ。いや……そうでもない。

プリモと一緒になるたび、彼には一層強く惹かれる気がする。パリに来るのではなかった。翌週末には、ボストンで一緒に出席する行事がある。二人が再会するまで時間は十分あったはずだ。なのにフェイは無視できない強い衝動に駆られてしまった……。

「ここにいたのか」プリモの声にフェイの背筋を切望の震えが駆けおりた。一瞬目を閉じ、そしてあけると、プリモがそばに立ってフェイと向き合い、テラスの壁に一方の肩をもたせかけている。こうすると彼の口が同じ高さになり、フェイは身を乗り出すだけであとは――。プリモが手を伸ばし、指一本で彼女の顎にふれた。「とても険しい顔をしている」

フェイは表情を緩めたが、プリモにふれられた肌がちくちくした。「景色に見とれていたのよ」

嘘《うそ》だった。フェイは過去の打ち明け話をしていた。「高校から大学に行く合間に、オーペアとして住み込みで、ひと夏をパリで過ごしたのよ」

プリモはフェイを見た。「すごいな。どうしてほかの仲間みたいにヨットで地中海めぐりでもしなかったんだ？　もっと楽な夏を過ごせただろうに」

フェイはまた肩をすくめた。プリモの青い瞳のまなざしがひどく気になった。「私はうわべだけの社交生活に興味はないわ。働くのは嫌いじゃないし」

「独立心はきみには何より大切なものなんだな」

「私は一人っ子で、幼いころから何でも独りでこなしてきたわ」最初の結婚で愛を信じ、身を滅ぼしてしまうまでは。プリモがフェイを見た。

「今は独りじゃない。僕がここにいる」

プリモの目の輝きに、フェイの鼓動が揺らいだ。

「そうね」プリモが片眉をあげ、さらに身を寄せると二人の間に隙間がなくなった。

「疑うのか、本物の僕がどんなか見せてやろうか」

フェイは頭の中で言っていた。〝お願い……〟だが実際には懇願の思いだけで、言葉にならなかった。

プリモはまっすぐに立つと、両手でフェイの顎と顔を包み込んだ。フェイの体の内で何かがとろけ、リラックスしてきた。頭の中で何度も時間をかけて想像してきたせいで、何もかもを黙って従わせる彼の愛撫《あいぶ》にすぐに夢中になった。

彼の口がフェイの口を覆って息を奪い、フェイは我を忘れた。ほんの数メートル離れた先のパーティは忘れられてしまった。キスは控えめに始まり――プリモがまるでおざなりにすまそうとするかのように――それでもどちらも離れがたく、はるかにもっと激しく、あからさまなものとなっていった。

プリモの両手がフェイのウエストまでさがり、彼女を強く引き寄せた。布地越しに彼の興奮の証《あかし》が感じられ、フェイはあおるようにヒップを揺らした。

プリモは身を引き、荒い声で言った。「魔女め」

彼は片手をあげ、再びフェイの顎を包み込んだ。フェイは彼の手に身を寄せ、満足げに喉を鳴らした。

「このパーティはもうたくさんだ。きみは？」

プリモの問いかけに、フェイはうなずいた。プリモが彼女の手を取り、混み合った部屋に連れ戻した。二人は主催者のもとに行き、別れを告げた。パーティをあとにしても、プリモはまだフェイの手を握っていた。彼がその手を持ちあげてキスをすると、フェイははっと息をのんだ。心地よい感触と愛情表現がすぐに病みつきになりそうだった。

「僕の部屋で寝酒をどうだい。きみはホテルに自分の部屋を予約したんだろうな」

フェイは罪悪感めいたものを感じつつ、うなずいた。プリモは何も言わず、エレベーターに案内した。

そこは最上階で、当然ペントハウスのスイートだったが、フロア全体を占めているようで、どの階よりも眺めはすばらしかった。「何にする？」フェイは部屋を見渡した。彼が上着を脱ぐと広い背中と肩が目に飛び込んできた。フェイは靴を脱ぎ、豪華な椅子に腰をおろした。「白ワインを少し」

プリモは飲み物を注《つ》いで戻ってくると、フェイに手渡し、彼女の椅子のまん前に座った。フェイは両脚を体の下にたくし込んだ。プリモの視線が胸元に注がれ、下を向くと、ドレスから胸のふくらみが片方かすかにのぞいていた。フェイは肌が熱くなった。ドレスを引きあげて隠せたが、そのままにした。

プリモがフェイの顔を見あげた。二人の間の空気がいっきに熱をおびたが、フェイは平静を装った。

「パリにアパートメントは持ってないの？」

プリモは首を振った。「父は持っているが、僕は使っていない。不動産はもっとたくさん所有していたが、ほとんどは売り払ってしまって……ビジネス戦略上重要なものをいくつか残してあるだけだ」

「マンハッタンにあるアパートメントが私の唯一の不動産よ。あちこちに持っていたけど、父は母を亡くしたあと売ってしまったのよ。母がいなくなると、旅をしても意味がないと思ったのでしょうね」

「本当にお母さんを愛していたんだな」

フェイは少し感傷的になってうなずき、それを紛らすようにワインをひと口飲んだ。

プリモが首を横に振っている。「両親が常にいがみ合っていないのがどんな状態か想像もつかない。僕の両親の結婚生活は二つに一つで、どちらも氷のように冷たく、ナイフで切れそうなほど張りつめた緊張状態にあるか、芝居がかった大げさな態度で互いに接しているかのどちらかだった。母が出ていった朝、クウィンは母にしがみついて、泣きながら行かないでと懇願していた。でも僕は呆然《ぼうぜん》として、弟を母から引き離さねばならなかった。今でも僕は芝居がかった振る舞いには耐えられない」

それを聞いてフェイは少し安心した。「それは自己防衛の一種で、弟さんは苦しみを行動に移したけれど、あなたは押しとどめたのよ」

プリモは片眉をあげた。「きみの美術の学位には心理学も含まれるのか?」それでも彼の言葉にはいらだちや、むきになったところはうかがえない。フェイはこのひどく抑制がきいて落ち着きを見せている男性をあわてさせるにはどうすればいいか考えた。

その瞬間、プリモの視線がまたフェイの胸元に落ちた。彼の顎がこわばった。フェイは少し大胆になって尋ねた。「何か気になることでもあるの?」

彼の視線がまた上に向いた。目がぎらついている。「自分が何をしているか、よくわかってるだろう」

そんなつもりはなかったが、プリモを少しでもいらだたせることができた証拠がようやく見えて興奮した――ほんの少しだが。フェイが下を向くと、胸のふくらみが見えた。ドレスをもう少し引っぱってもっとあらわにすると、ワインの入ったグラスをわざと傾けて、冷たいワインを胸にしたたらせた。胸の先端をなぞって伝い落ちるように。「あらあら」

「フェイ……」フェイは顔をあげた。プリモの顔がこわばった。彼は飲み物を置くと、両手で椅子のアームを握りしめ、指の関節が白くなった。

「こっちに来てくれ」プリモは小声で命じた。

フェイは〝あなたが来て〟と言いたかった。立ちあがっても、ちゃんと足が動くかどうかわからなかったからだ。それでもフェイは脚を体の下からずらして彼の命令に従っていた。フェイは彼の前に立った。手にはグラスを持っている。

「グラスをくれ」フェイがグラスを渡すと、プリモはサイドテーブルに置いた。そしてフェイを見つめ、身を乗り出すと、手をフェイのウエストにあてて引き寄せた。フェイは椅子に膝を突き、彼の腿の間に身を置いた。フェイが彼の胸に手をあてると、心臓の強い鼓動を感じた。フェイ自身の心臓も動悸《どうき》を刻んでいる。プリモは手を伸ばし、ドレスのストラップの下にすべり込ませた。「いいのか？」

フェイは彼の膝の上に座り、両脚を大きく広げた。フェイはうなずき、唇を噛《か》んだ。彼がフェイの腕から布地を押しさげると、ドレスはウエストまで落ち、フェイの裸の胸があらわになった。

フェイは両腕をあげてストラップから抜いた。

プリモがテーブルからワイングラスを持ちあげ、フェイの熱い肌にあてると、胸の先がとがって切望に硬さを増した。彼はわざとゆっくりワインをたらしていき、最初は一方の胸を、次にもう一方を濡《ぬ》らすと、グラスを置いた。それから胸のふくらみを両手で包み込み、ワインのしずくの跡をあますところなく舌でぬぐい取った。さらに胸の先端に舌先をさまよわせ、感じやすくなった肌を唇で吸い、口にはさんで刺激した。フェイは無意識にヒップを揺らし、痛いほどの欲求を和らげようと体を押しつけていた。

フェイの心を読んだように、プリモはフェイに口をつけたまま、片手をドレスのスカートの下に忍ばせ、レースの下着へと這《は》わせていく。下着を押しやって探索を進め、熱く潤った場所を探り出すと、最初は指を一本、さらに二本、深く潜り込ませた。

フェイの興奮は熱狂のうちに高まり、プリモの舌と口、そして邪悪な指が彼女を震えるオーガズムに導いていた。フェイはプリモを見おろし、呆然とした。彼女の体は官能の余韻に震えていた。それでもまだ満たされない。するとフェイはプリモの体のあらゆる筋肉が力強く張りつめているのを感じた。

フェイは身を起こし、震える足で立った。下着をすっかり脱ぎ去り、再びプリモの上に身を置いた。彼のシャツを脱がせにかかり、押し開いて、胸に手と指を這わせる。そして下へと手を伸ばし、ベルトのバックルとボタンを外した。

プリモは声に笑みをにじませて言った。「どこかもっと居心地のいいところに行こう……」

フェイは首を振った。「いいえ、ここで今……」

フェイがプリモの服を脱がせ、彼のこわばりを見つけて手を這わせる一方で、彼はフェイの髪に手を伸ばし、ピンを抜いて肩におろした。

フェイが膝を起こしてプリモの腰の両脇に脚をかけると、彼はフェイのヒップに両手をあてがい、きつく抱いて支える。フェイはゆっくりと慎重に動いて、彼のこわばりに身を沈めていく。

今度のオーガズムはさっきより早くは来なかったが、同じように破壊的だった——喜びの大波が繰り返し押し寄せてフェイを翻弄し、最後に砕け散った。フェイはプリモの体にしがみつき、彼もまた自らを解き放つと、フェイを抱きしめたまま最後に深々と貫いた。フェイはしばらく息も継げず、力なくプリモに身を任せて倒れ込み、彼の首筋に顔をうずめた。

フェイは二人がいつどうやって動けるようになったかわからなかったが、なんとか、どうにかしてプリモはフェイを胸に抱きかかえ、スイートルームを通って寝室へと入っていったようだ。

彼はベッドの端にフェイを横たえると言った。

「そこで待っていてくれ」フェイは自分が話せるかどうか、動けるかどうかもわからず、彼にそう告げる力も残っていなかった。ぼんやりと自分の乱れた身なりに気がついた。ドレスはウエストまでたくしあげられて下着はない。胸はあらわで髪はおろされ、化粧は……？　よく覚えていない。それでも気にならなかった。男性といて、こんなにリラックスできたことはなかった。プリモとこんなふうにしていると、障壁が消え、わだかまりは何も感じられない。

プリモが戻ってくると、フェイは彼がしわになった服を脱いでいることに気がついた。彼はフェイを引っぱって起こすと、バスルームに連れていった。すでにシャワーの湯気でくもっている。彼はフェイの服を脱がせてシャワーの下へ連れていき、手際よく体を洗い始めた。フェイはほとんど動けずにいたが、彼の手が背中から体の前にまわって脚のつけ根の敏感な部分に一瞬ふれると、また欲求がよみがえってくるのがわかった。フェイは眠そうにあらがった。「自分でできるわ……」

「もうすんだ」彼はシャワーを止め、大判の柔らかなタオルにフェイを包み込んだ。彼はフェイの髪をあげ、ひねって一つにまとめて濡れないようにしてあった。プリモはその髪をおろすと、彼は手早く自分の体を乾かし、フェイを寝室のベッドに戻した。

フェイは目を覚ますと、ひどくけだるく安らいだ気分で、しばらくその感覚を楽しんだ――すると昨夜の記憶の断片がよみがえってきた。今はパリにいる。それを思い出させるように、フランス警察のサイレンとわかる音が、はるか下の通りからかすかに聞こえてくる。フェイは目を開けた。ベッドの横には乱れた跡があったが、誰もいない。フェイはふっと息をついた。バスルームからは何の音もしない。フェイは起きあがり、シャワーを浴びたあとのタオルのままだとわかった。覚えている限り、最も熱烈で性急なセックスのあとだった。

フェイはうめき声をあげた。もちろんプリモはタオルを体に巻いたまま、寝乱れた髪で起き出してくる恋人は初めてだろう。請け合ってもいい。

フェイはバスルームに行き、ゆったりとしたローブを取り出して着た。そこには贅沢《ぜいたく》な化粧品がたくさんあった。新しい歯ブラシもパッケージ入りだ。フェイは身なりを整えてさっぱりし、髪を後ろでまとめ、プリモに会う決意を固めた。

裸足《はだし》で――もちろんプリモのスイートにフェイのものは何もなかったからだが――フェイは広々とした部屋をそっと歩いて応接間まで来た。テラスに出るフレンチドアが開いていて、カーテンが春風にそよいでいる。フェイは深みのある声を耳にし、ホテルの制服を着た男性に迎えられた。

彼がフェイに一礼する。「おはようございます、ミセス・ホルト。テラスに朝食が用意できました」

フェイはあいまいな言葉で応え、外に出ると、プリモが食器の並んだテーブルに座っている。着替えて髭《ひげ》も剃《そ》り、昨夜フェイをおかしくさせたことなど、みじんもうかがわせない。フェイは傷ついた。

プリモは楽しげな表情でフェイを見ていたが、彼女の気分はよくならなかった。

「おはよう。心配ない――まだ早いから。約束の時間には十分間に合う」約束！　忘れていた。まったく彼女らしくない。この男性には頭を混乱させられてばかりだ。フェイはいらだち、テーブルの向かいに座った。コーヒー。今必要なのはコーヒーだった。

フェイの心を読んだように――当然よね。フェイの体の反応をフェイ本人よりも読めるのだから――プリモがポットを取りあげた。「コーヒーは？」

フェイはカップを差し出した。ばかげているとわかってはいても、これこそがプリモとの間に一線を引こうと強く思った理由だった——こんなふうに居心地のよい気心の知れた家庭的な雰囲気を避けるためだ。なぜなら独りで取った朝食の痛みに満ちた多くの記憶がよみがえるからだ。前夫がフェイにはもう子供が産めないと判断して以来ずっとそうだった。

「ありがとう」フェイはできる限りの感謝をこめてそう言い、濃いホットコーヒーをひと口飲んだ。

「朝は苦手なのか？」フェイは彼を見ると、いらだちが消えていくのがわかった。やはりばかげていた。

「自分なりの生活のペースに慣れているからよ」

「翌朝まで二人で過ごすのは好きじゃないんだな」

フェイはかすかに身を震わせた。「普段はしないわ」カップの縁越しに彼を見る。「あなたは？」

彼の口元がこわばった。「避けてきた。興味がないのに親密になりたいと誤解されかねないから」プリモはまたフェイを見た。「だがこれは事情が違う……僕たちは結婚している」プリモはフルーツとペストリーが並んだテーブルを身ぶりで示した。「ご覧、僕たちは初めて朝食をともにする。すばらしいじゃないか」彼の声には嘲笑めいたところがあった。

フェイは顔をしかめたり、〝慣れっこないわ〟と言うのは我慢した。それでも話の矛先を彼に向けようとして、パン・オ・ショコラを手に取り、尋ねた。「結婚やロマンスについて聞いたあなたの考えからすると、あなたは一度も恋に落ちたりしないのね」

プリモはコーヒーをひと口飲むと首を振った。「ああ、愛や恋は信じない。人は愛着を持つ……共通点があると感じる。それを愛だと呼びたがるのは、一緒にいることを、一人の人を選ぶことを正当化するためだ」プリモはフェイを見た。「きみは恋に落ちたことがあるんだな」

7

フェイはあわてた。どうして知ってるの？　元の夫について何か話しただろうか。

「そんなこと話した覚えはないけど」

「ああ」プリモは同意した。「だが最初の結婚で、きみは思った以上に傷ついた。傷心を抱えている」

フェイは彼の視線を避け、ペストリーを手に取り、ようやく認めた。「夫とは恋愛結婚だとばかり思っていた。でも私がうぶだったのよ」

「きみは若くて、ご両親がよいお手本だったからさ。そんな経験をしたのなら、便宜結婚以上に、もっとうまくいく関係があると、なぜ思わないんだ」

フェイはプリモを見つめた。結婚と離婚、そして不妊になったトラウマを経て、フェイは実年齢より老いてしまったと感じることがよくあった。それでもプリモと話して、彼がフェイを簡単に決めつけずに受け入れてくれたことで、心が軽くなった。少し……若返って、まだ可能性がある気がしてくる。

フェイはばかげた妄想に首を振った。よいセックス。二人にあるのはそれだけなのにどうかしている。

「そうかもね」フェイは認め、これ以上よけいなことはきかないように、ペストリーを口に運んだ。

彼が恋に落ちたことがないのに驚きはなかったが、安堵《あんど》感を覚えたとは認めたくなかった。この男性の落ち着き払った外見に誰かがひびを入れるかと思うと、フェイの心はかき乱された。

二人はなごやかな雰囲気で朝食をすませ、コーヒーを飲んでいたが、フェイは思い出して言った。

「服はみんな私の部屋にあって、別の階になるわ」

「ホテルのコンシェルジュに、きみの部屋から着るものを持ってきてもらうよう手配してある」

またしてもプリモは気安く寛大な気遣いを見せてくれた。フェイの心をとらえ、防御の壁を突きくずしていく。フェイはあくまで自分の立場を守ろうとしたが、昨夜のあとでは、そしてどんなにたやすく我を忘れてしまうかと思うと、自分を守ることがこれまで以上に重要なことになっていた。

フェイは立ちあがった。「お気遣いありがとう」

「服はゲストルームにそろっている」

「出かける前に私の部屋に戻るけど、いいかしら。二十分後にロビーで会いましょう」

二人はギャラリーの館長との見学ツアーを終えたが、フェイは心を奪われた一枚の絵の前でまだぐずぐずしていた。今では人々が少しずつ訪れ始めている——今日最初の来場者たちだ。

「その絵が気に入ったのか」プリモがそばから言う。

フェイは鮮やかな赤とピンクが渦巻く抽象画から視線を引きはがした。「ララ・ロペス、ポルトガル人アーティストよ。新進気鋭で、知名度があがってきていて、彼女の作品を集め始めた顧客もいるわ」

プリモは絵の説明に目をやった。「絵のタイトルは《ライフ》で、アーティストが寄贈したものだ」

「世紀を代表する現代アートの大家とともに作品が展示されるなんて、大きな衝撃を呼ぶわ」

フェイはその絵の何かが心の奥底に訴えてくるのを感じ、自分が少し無防備にさらされた気がした。

プリモは言った。「それでは、きみがなぜこの絵が好きかの説明になっていない」

今フェイは本当に自分が無防備にさらされた気がした。「よくわからないけど……たぶん色かしら」

「その絵が自分のように見えるからじゃないかな」

フェイは鋭くプリモを見た。「どういう意味？」

「外見はクールで洗練されているが、きみはその下に燃えるものがあって――人生に情熱を持っている。きみはそれを人に見せるのを怖がっているようだ」

フェイはぽかんと口を開けたが、すぐに閉じ、不機嫌に言った。「心理学の学位を持ってるの？」

「いや、完全に独学だ」プリモが気楽な笑みを浮かべる。フェイはわざとらしく咳払《せきばら》いをした。プリモの見立ては驚くほど正確だった。この絵にはフェイを引きつける何かがあった。彼女は情熱を感じている。生命への渇望だ。最初の結婚で失敗し、不妊になって以来、フェイが恐れているものすべてだ。

フェイはその場を離れ、腕時計を見た。

「どこかへ行くのか？」彼は尋ねた。

フェイはプリモをちらりと見た。彼にはあまりにも気が散らされる。カジュアルなズボンに、ブルーの瞳を一層際立たせる濃紺のポロシャツ。館長の短時間の見学ツアーのときでさえ、フェイはプリモが気になってしかたがなかった。

フェイはあてつけに〝あなたは行かないの？〟ときいてみたくなった。彼がいつまでもぶらぶら見てまわってばかりだからだ。フェイはいらだちが募った。彼とこんなふうに過ごすと想定していなかった。

それでもこう言ったとき、フェイは罪悪感めいたものを感じていた。「実は、ダブリンに泊まりがけで行くつもりだったの。ダブリン城で年に一度、カルチャーウィークの一環で、アイルランドを代表するアーティストたちをたたえる晩餐《ばんさん》会があるの」

プリモは顔をしかめた。「それは聞いてない」

「ええ、行けないと思っていたから。でもパリなら、飛行機で二時間足らずだから、行けると伝えたの」

彼が一瞬、目を細めてフェイを見た。「それは楽しい夜になりそうだ」

フェイは何かばかげたことを言いそうになった。〝あなたも来る？〟などと。

するとプリモが時計を見て言った。「僕はホテルに戻らねばならない。ニューヨークに戻る前に、もう一つ会議がある。明日はニューヨークで会議だ」

「そうよね。私も戻って荷造りをしないと」フェイは言った。うっかり誘ったりしなくてよかった。そんなことをしたら問題を複雑にするだけだろう。

プリモは言った。「きみがパリに来てくれてよかった……フェイ、僕はきみをもっとよく知りたかったんだ。きみがチャンスをくれれば、僕たちは本当にこの結婚を楽しめるようになると思う」

フェイはすぐに優しくたしなめられている気がして、罪悪感を覚えた。そして自分でも何かよくわからない気持ちになった。「私は……そうね」

「きみはほほ笑んだほうがいい。別に、顔がひび割れたりはしないから」

フェイはふいに思った。自分はいつこんなに堅苦しい女になってしまったのだろう。離婚後だろうか。

フェイは息を一つ吸って、ほほ笑んでみせた。

プリモは首を振った。「いつの日か、フェイ・マッケンジー、きみは本当にほほ笑むようになる」

ダブリン

〝いつの日か……本当にほほ笑むようになる〟

この言葉は夜になってもまだ、フェイの頭の中で鳴り響いていた。彼女はダブリン城の壮麗で歴史ある聖パトリックホールのディナーの席に案内されていた。ガラ・ディナーの前に肖像画が並ぶポートレート・ギャラリーでレセプションがあり、フェイはアイルランドの大物アーティストたちと会っていた。

いつもなら、このようなイベントでは、ギャラリーや顧客など、アーティストを紹介できる人々のことを考えて、持てるエネルギーをすべて発揮するのだが、今夜は気もそぞろだった。

なぜプリモは、フェイが本当にほほ笑むかどうかなど気にするのだろう。どうして必要なとき一緒に人前に出て、都合のいいとき夜をともにするという現状を受け入れられないのだろう。

フェイは周囲を見まわし、孤独な気分に見舞われた。ベネチアのカーニバルの舞踏会のように、誰もがペアで、話に花を咲かせている。

フェイはグリーンのシルクのイブニングドレスに身を包んでいた。胸元で斜めに深くカットされ、両肩をキャップスリーブが小さく覆っている。流麗でロマンティックそのもの。パリを発《た》つ前にブティックのウインドーで見つけたのだが、今ここに座り、プリモがこれを見てフェイを欲しがるところを想像して買ったのだと気づいた。今は浅はかだと感じる。あまりにも突飛で露出過多だった――体も心も。

プリモ・ホルトのせいで片思いのティーンエイジャーみたいに振る舞っている。そして自分がどんなに独りでのぼせあがっているか思い知らされている。

フェイは気を落ち着けるために深く息を吸った。ダイニングルームに持ってきたスパークリングワインをもうひと口飲む――すると熱に浮かされた思いがこれから座るテーブルと自分の横のあいた椅子に向けられ、すぐにまた吐き出しそうになった。

フェイはすぐには信じられなかったが、胃がきつく締めつけられる感覚で現実だとわかった。彼の香りがする。さわやかでスパイシーな男らしい香り。

彼はオーソドックスな黒のタキシード姿で、優しくフェイにほほ笑みかけた。「やあ」そしてフェイのドレスに視線を落とし、またあげた。目には明らかな熱気が満ちている。「とても……すてきだよ」

フェイが、ありえないこのダブリンの地でプリモを見て、いらだつ理由はいくらでもあった。だが自責の念に駆られた最後の瞬間に、それは消え去り、すぐに純粋な欲求に取って代わった。フェイは彼のまなざしに明らかな欲求を見てうれしくなった。まさにフェイが想像したとおりだった。

　本当は彼に会えたうれしさに、驚きの気持ちが抑えられなかった。「人を驚かせて楽しんでるの？」

　プリモはウエイターが注《つ》いだワインを少し飲んだ。

「僕をそんな気持ちにさせるのは……きみだけだ」

　フェイは首を振った。「でも、どうやって――」

「主催者たちは僕がきみの夫だとわかると仰天して、すぐに僕の願いを聞き入れてくれた」

「ニューヨークの会議はどうしたの？」

「予定を変更した。会社のオーナーで最高経営責任者《CEO》なら、簡単なことさ」周りの人々が視界から消えていき、フェイは自分の中で何かが揺らぐのがわかった。もしかしたら、この……このばかげたハネムーンに、これが何であれ、二人の間にあるものに身を任せてもいいのかもしれない。フェイは体の内に何かが湧きたってくるのを感じた――抑えようもなく心が軽くなっている。そしてプリモがフェイを驚かせるためにわざわざダブリンまで来てくれた事実に、自然と笑みがこぼれた。

　プリモがショックを受けたように身を引き、胸に手をあてた。「それは本当にほほ笑んでるのか？」

　フェイは顔をしかめ、小さなロールパンを手に取って投げつけようとしたが、笑みは消えなかった。

　豪華なディナーのあと、フェイとプリモはダブリン城からリフィー川のほとりのホテルまで歩いて戻った。彼はフェイの手を取り、フェイは恥ずかしげもなくそのふれ合いを楽しみ、信頼を深めていった。

　フェイは気をつけるよう警告する声を押しやった。

　ダブリンは若くて活気ある街で、人々はバーやカフェから外に出て、季節外れの暖かな春を楽しんでいる。中には立ち止まって、タキシード姿のプリモを見返す者もいたが、フェイはとがめもしなかった。

　プリモはボウタイとシャツの第一ボタンを外し、黒く輝く髪と完璧に近い顔立ちで、まるで雑誌の表紙から抜け出てきたようだった。

二人はにぎやかなゲイバーの前を通りすぎ、フェイは男性が別の男性に悲しげに言うのを耳にした。

「ゴージャスな男はみんなストレートなんだから」

フェイは笑みを引っ込めることができなかった。

プリモが言った。「気をつけろ。いつまでもばかげた顔をしていると、もとに戻らなくなるぞ」

それでも笑みを絶やさぬまま、フェイは言った。

「スコットランド人の祖母がよくそう言ってたわ。ルーツのスコットランドから長く離れていたけど」

「スコットランドに帰ったことはあるのか」

フェイは首を振った。「いいえ、スコットランドにはもう何のつながりもないわ――一族の歴史や遠い親類は残ってるでしょうけど。でも、エジンバラ大に半年通ったことがあって、すばらしかったわ」

二人がホテルに着くと、プリモが鍵を取り出した。

鍵は一つだ。フェイはプリモを見た。「僕がきみの部屋を――僕たちの部屋だが――ペントハウスのスイートルームにアップグレードした」

フェイはアシスタントのマークが、プリモに滞在先を教えたのだろうと思った。プリモに強く惹《ひ》かれる力に半ばあらがおうと思いながらも、今ではフェイに奮い起こせる強さはなかった。「わかったわ」

二人はエレベーターで最上階まで行った。扉が開いて廊下に出ると、その先が部屋だった。広々としたスイートルームで、木をふんだんに使ったエレガントで落ち着いた家具と調度品で飾られている。リビングスペースの外は川が見おろせるバルコニーになっていた。フェイはコルクが抜ける音を聞き、プリモがシャンパンをグラス二つに注ぐのを見た。その一つをバルコニーにたたずむフェイに持ってくる。

「ありがとう」フェイはつぶやいたが、彼がここにいることにまだ少し圧倒されていた。「わざわざ来てくれなくてもよかったのに。来週には二人ともマンハッタンに戻るわ。ボストンで催しがあるから」

プリモはフェイのそばに来て肘をつき彼女を見た。「わからないのか。きみが欲しいんだ、フェイ……。こんなにも誰かが欲しいと思ったことはずっとなかった。きみはとびっきりだ——僕にはめったにないことだ。僕たちが結婚しているのは事実だが……たとえそうでなくても、僕はきみが欲しい」

「単なる情事になるかもしれないと言ってるの？」

そうなることを望むかのように、フェイは言った。

プリモは首を振った。「そうならなくて喜んでいる。きみとの結婚は、僕が長い間してきたことの中で、最も賢明なことの一つだと思う」

フェイは必死で、プリモが目の前で魔法の杖《つえ》を振り、あれこれ考えさせようとするのに抵抗しようとした。フェイは二人の間にある、目に見えない熱気をおびた空気を身ぶりで示した。「でもこんなことは……決して長続きしないわ」

プリモは反対はしなかった。「それでも僕たちはまだ結婚生活をうまく成功させられる」

「失敗するのがいやなのね」フェイが言う。

彼は目を細めてサメのような笑みを浮かべた。「そんな選択肢はない」

フェイはかすかに身震いした。この男性の魅力と興味に反することになったらどうなるだろう。フェイは思った。もしプリモをだますことになれば……。あなたみたいに？　六カ月後に立ち去るときに？　不妊の事実を明かさずにいたことで？

フェイは必死で自分を落ち着かせようとした。条件をはっきり示してあるのだから、嘘《うそ》をついたと非難されることはない。そんなことを考えないように、フェイは身を乗り出して彼にキスをした。口をプリモに押しあて、彼の唇の硬さを味わう。彼はしばらくキスを許したが、自由な腕を伸ばしてフェイを引き寄せ、キスの主導権を奪い、フェイがつかもうとした主導権など幻想にすぎないと見せつけた。

ワイングラスが置かれ、二人の周りで空気が張りつめてはじけた。二人はひたすら寝室へと向かい、向かいながら服を脱ぎ捨てた……。


フェイが目を覚ますと、前の日のパリの朝のようにベッドに一人だった。体は重く、芯まで満ち足りた気分で、頭の中に昨夜の光景が次々とよみがえっていた。それは初めてのときと同じように強烈で、荒々しく、すぐには色あせそうになかった。

彼はダブリンまでフェイを追いかけてきた。

昨日の晩、彼を見かけたときの快活な気分がまだ残っていた。最初の結婚以来、防御の壁の後ろに身をひそめてばかりだったフェイにとって、ありえない感覚だった。フェイは寝返りを打って枕に顔をうずめた。気恥ずかしさにうめき声をもらしながらも、わくわくするような喜びを感じていた。

むき出しの肩をそっとたたかれ、フェイは身をこわばらせた。枕から顔をあげて横目で見ると、ローブ姿のプリモがベッドのそばに立ち、コーヒーカップを持っていた。フェイは髪を振り乱し、裸だった。恥ずかしさにシーツを引き寄せたが、ばかげていた。

「おはよう」プリモが陽気に言い、ベッドのそばにカップを置く。「コーヒーだよ。寝起きにとてもよい効果があると聞いた」

フェイは内心顔をしかめたが、表情には出さなかった。身を乗り出してカップを手に取り、ひと口飲んだ。コーヒーには即効性があったようで、夢心地から覚ましてくれた。よかった。フェイはカップを戻し、プリモを見た。「ニューヨークで会議があるんじゃなかったの？」

「先に延ばした。この旅を延長するつもりで——きみのスケジュールを調整してくれるといいんだが。

僕たちはボストンのイベントに間に合うよう、アメリカに戻ればいい」

この発言に、フェイはショックでぽかんと口を開けた。そして立ち直ると、尋ねた。

「その間、私たちは……?」

プリモはベッドの端に座り、彼女の両脇に手を突いた。「ハネムーンを楽しむ――たいていの新婚カップルにとって普通のイベントだと思うが」

フェイはごくりと息をのんだ。「でも、私たちはたいていの新婚カップルとは言えないわ」

二人の間に漂う熱気が、フェイの言葉が嘘だと告げていた。プリモがさらに請け合う。「それどころか、僕たちはたいていの新婚カップルと違わないと、きみにもわかっただろう。むしろこの……新たな局面を楽しんだほうが僕たちにとってはいいだろう」

「新たな局面……?」

プリモがゆっくりと時間をかけてシーツをおろし、フェイの胸をあらわにした。彼のむさぼるような視線がフェイの口元から胸へ、また上へとさまよう。フェイの体が目を覚まし、体の内が熱くなった。

プリモが前にかがみ、片方の胸のふくらみの上部に唇を押しあてた。フェイは枕に身を預けた。プリモが正しいのかもしれない。この……局面に身を任せればすぐに燃え尽き、正気が戻ってくるかもしれない。そうすればフェイは、これが何のためなのか思い出せる。目的を達するための手段だと。

六カ月の結婚生活によって、一族の遺産が長期にわたって守られ、保持される。この男性に身を任せる六カ月で、彼はゆっくりと、でも確実にフェイが新しいレベルの喜びを求めるように変えていく。

フェイは彼のローブに手を伸ばし、肩からずらした。プリモは身を引き、ローブを脱ぎ去ると裸になった。黒ずんだ金色の肌が完璧な光を放っている。

プリモはシーツをすっかり払いのけ、再びフェイにふれる前に言った。「それで、きみのスケジュールは調整できるのか？」

　フェイは今ほど自分が無防備にされたことはなく、実際、プリモへの切実な欲求に息を切らさんばかりだった。頭は熱に浮かされ、なぜこれがよい考えでないのか考えることさえできずに屈服し、プリモの大胆なカリスマ性を前に、防御の壁はさらに突きくずされていた。フェイは言った。「問題ないわ」

　それから自分を納得させた。ハネムーンに身を任せることが、この不都合な相性のよさからできるだけ早く解放されるための最も効果的な方法なのだと。

　八時間後

　フェイは心臓が大きく打って手足が震えた。呼吸を整えるのに忙しく、笑みが止まらない。息を切らして汗だくで、ようやく話せるようになると言った。

「これって……すごいわ」

　プリモはにやりとした。得意げな表情だったが、フェイは気にしない。「きみに喜んでほしかった」

　フェイの両脚の間で、力強く堂々とした馬が身じろぎした。フェイは身を乗り出し、首をなでた。フェイの馬はプリモの雄馬より少し小さめだったが、負けず劣らずすばらしかった。

　フェイは周囲を見まわし、息を整えた。二人はアイルランドの最西端にある、人けのない砂浜の海岸線を疾走していた。誰一人見あたらず、アイルランドの典型的な空模様で、数分で青から灰色へ、日差しからにわか雨へと変わった。そしてその繰り返し。

　プリモには驚かされてばかりだった。二人の一日が再び始まると、フェイをダブリン郊外の小さな飛行場に連れていき、そこにはゴールウェイ行きの飛行機が待っていたのだ。それから二人は運転手つきの車で、信じられないほど景色のよい海岸沿いを走って、スタッフが常駐する個人所有の小さな城にたどりついた。眼下には、フェイが今まで見たこともないような美しいビーチを見おろせた。風が吹きすさび、荒々しい波が岸で泡立っている。

プリモは見事な騎手ぶりを発揮し、長身の男性にしては、優雅な身のこなしで鞍《くら》にまたがっている。フェイは彼のジーンズ姿すばらしい乗馬術だった。フェイは彼のジーンズ姿を初めて見たが、以前はセクシーだと思っていたのに、今はもっと危険な雰囲気が加わっていた。

馬たちが歩いてビーチを戻り始めた――明らかにこの乗馬が日課になっているようだ。城に着いたとき家政婦に案内され、遅い昼食をすませ、厩舎《きゅうしゃ》の馬たちのところに行った。そこで厩務員がブーツやジャケット、ヘルメットを用意してくれたのだった。

フェイは今、海を見て首を振った。「こんな場所があるなんて、夢にも思わなかった」プリモに目をやると、フェイをじっと見ている。「どうして私が馬に乗れるとわかったの?」

フェイは思いあたったことがあり、一瞬かすかに痛みを感じた。本当は感じる必要のない痛みだった。

プリモが口を開いたが、フェイは片手をあげ、無理に笑みを浮かべた。「いいえ、言わないで。私の経歴を調べれば誰でも、馬のクロスカントリーの予選会に出場したことがあると知るでしょうから」

プリモは包み隠さず、恥ずかしそうな顔をした。

フェイはこれでいいのだと自分に言い聞かせた。見たこともない美しい場所への思いがけないこの旅に、すっかり魅了されてしまうのは簡単なことだった。なのに今、それが少し汚されたように感じるのがいやだった。喜びの泡がはじけたようだ。

フェイも愚かではなかった。プリモは自分の時間とエネルギーを費やして、彼女を従順な花嫁にしようとしている。最初に条件を提示しておいてよかったと、フェイは思った。もしプリモが結婚にこだわっていなければ、これは単なる情事になっていたかもしれない。今後はそう考える必要があった。

フェイの反応からプリモが何か読み取る前に、彼女はかかとで馬を優しく蹴った。「城まで競走よ」

プリモはしばらく鞍の上から、馬に乗るフェイの美しい動きに見とれた。人馬一体となって動き、髪がヘルメットの下でなびいている。幸せそうに輝いていた顔が激しい乗馬でピンクに染まり、目が輝いていた。プリモは胸の痛みに、思わず手をあてそうになった。フェイは文字どおりプリモの息を奪う。

プリモはフェイが、思ったよりはるかにすばらしい女性だと認めざるをえなかった。

こんな経験は初めてだった。相手が間違った気を起こすのを恐れて、これまで一度も恋人を甘やかしたことなどなかったからだ。それに、認めざるをえないが、これほど気まぐれなことをしたいと思わせる相手も、誰一人としていなかったからだ。

アイルランドの城を予約して一泊する。

誰もいない浜辺の波打ち際に馬を走らせる。

燃え盛る炎のそばで牡蠣《かき》を食べる。

だがフェイにも言ったように、プリモは二人でハネムーンに行くつもりでいた――これはハネムーナーたちがするようなことではないだろうか。結局、彼はパリで二人の間にできるだけ強い絆《きずな》を演出することが、この結婚を周囲に認めさせる、よい投資になると心に決めた。だからフェイを追ってダブリンまで来て、驚かせるようなこともした。

だがその瞬間、彼の頭の中に、昨夜の一連の光景が鮮明な画像となってよみがえってきた。自分の行動はコントロールできていると思いたかったが、そんなのは幻想にすぎないと、厄介な感覚につきまとわれていた。実際、彼ははるかにもっと低俗な衝動に駆られていたのだ。

まさか。もちろん彼はコントロールできている。ならば、彼女の優れた乗馬技術をおまえが知っていると彼女がわかったとき、その顔から輝くような喜びが消えたのが、なぜそんなに気になるんだ？

プリモは見え透いた嘘をつくこともできた——わからない、と。だが嘘はつかなかった。もちろんプリモはフェイについて調べた資料から知っていた。

彼はむきになった。なぜそれが問題なんだ？　今回の結婚については、二人とも何の幻想も抱いてないのに。重要なのは、これからどうやってうまく関係を築いていくかだった。プリモは馬を促して駆けさせ、すぐにフェイに追いついた。彼がフェイの馬の手綱をつかんで二頭の馬を止めた。フェイはプリモを見て、目を見開いた。「何をするの？」

プリモは身を乗り出し、フェイの顎をつかんで激しくキスをした。フェイは海の塩の味がし、顔には砂の感触があった。彼のキスが優しくなり、最初フェイはあらがったが、やがて体の力を抜いた。プリモは内心喜んだが、誘惑と闘い、身を引いた。

「僕たちの間のこの反応については、資料に何の記述もなかったよ、フェイ。この相性のよさが、僕たちの結婚生活をさらにレベルアップさせる」

フェイがプリモを見つめ、彼女の瞳は緑がかった金色に輝いて、周りの風景が映っていた。プリモは彼女の心の内が読めず、いらだった。いつもは女性の心を読むのは簡単なのに。すると彼女は笑みを浮かべて、身を引いた。「こんなことで私を屈服させようとするなんて、ひどくおそまつね」

フェイは馬を促して駆けさせ、プリモから離れて城のほうへと向かった。

プリモは自分自身に首を振った。何も心配はしていない。プリモはフェイを追いかけた。彼女は鼻の差でプリモをかわして厩舎に戻っていた。

8

城まで馬で競走して戻ったせいで、フェイは再び気分が高揚していた。プリモに傷つけられはしない。彼は決して嘘《うそ》はつかなかった。彼は正しい。二人の相性のよさはこれまでにないもので、フェイはそれが続く間は精いっぱい楽しむつもりだった。

厩舎《きゅうしゃ》で二人は厩務員にヘルメットを返し、体をきれいにされ餌を与えられる馬たちに別れを告げた。フェイは風に吹きさらされ、ひどく乱れた格好だったが、幸せだった。長い間、乗馬を楽しむことはなく、かつてはフェイの楽しみの一つだった。自分の人生がどんなに単純だったかに彼女は思いをはせた。

厩舎から出ると、プリモが待っていた。フェイと同様、防水ジャケットを着て――城の家政婦が二人に貸してくれたものだ――着古したジーンズにブーツをはき、髪は乱れて、急にとても若々しく見えた。そして、これまで見たことがないほどセクシーだ。

プリモはフェイを初対面のようにじっと見つめている。フェイの体に興奮に満ちた衝撃が走った。彼がフェイに近づき、手のひらで顎を包んで顔を見まわす。「きみは自分がどんなに美しいかわかるか」

プリモがこんなにも真剣な顔でなければ、フェイは声をあげて笑っていたかもしれない。髪は乱れ、化粧は砂と風ではがれている。きっと厩肥《うまやごえ》だって踏んづけているかもしれないのに。

それでも、フェイにとって彼がこれほどゴージャスに見えたことはなかった。周りの景色の美しさに、土の香りの混じった馬の匂い、そして塩けをおびた荒々しい海の香り……すべてがあいまって、お互いに激しい衝動に駆られているようだった。

プリモはフェイの手を取り、城の裏口からブーツルームへ連れていくと、二人でブーツを脱いだ。彼はとどまることなく、再びフェイの手を取り、居住区域の中を通り抜け、まっすぐ寝室へ連れていった。

フェイは今では寝室が一つしか用意されていなくても気にならなかった。黒光りのする木の床を覆う絨毯《じゅうたん》も、重厚なカーテンも、暖炉の火よけの後ろで燃える炎も、巨大な堂々とした四柱式ベッドも、壁を飾る見知らぬ人々の肖像画も、窓際に据えられた金色の猫足の浴槽も、ほとんど気づかなかった。プリモにしか目がいかず、彼と一緒に服を脱ぎ去ってしまいたいという思いだけだった。なのにプリモはフェイの服をはぎ取る代わりに、彼女に歩み寄って、両手で顎と顔を包み込んだ。そしてフェイにキスをする。長く、ゆっくりと、深く、フェイの脚から力が抜けて立っていられなくなるまで。

そして、ようやくプリモはフェイのジャケットを脱がせにかかり、フェイも彼の服を脱がせ始めた。手がシャツをつかんで引っぱり、ジーンズのスナップを外し、下着に取りかかる。

外では今は雨が降り、暗くなる一方の空から窓に打ちつけていたが、二人は気づかなかった。

プリモはベッドに横たわり、フェイを体の上に引き寄せると、フェイは彼の腿にまたがった。プリモがフェイの胸を両手で包み込み、フェイは上に動いて彼の口に自分の胸をあてがった。フェイが背中をそらすと、プリモは彼女の体を、ウエストを、ヒップをくまなく愛撫《あいぶ》した。彼はフェイの脚の間に手を差し入れ、彼女の準備ができているのを確かめると、自分の体の上にフェイを据え、彼自身のこわばりを片手で支えた。やがてフェイが身を沈めてきて彼女の中にゆっくりと、拷問に近いまで注意を払って、プリモをすっかり包み込んでいった。二人はしばらく、じっと動かず、その感覚に息をのんだ。

ゆっくりと、フェイは上下に動き始め、耐えられる限りまで快感を高めていった。二人の肌が汗でぬめり、息が荒くなってくる。

プリモは喉からあえぎ声をもらした。「フェイ、だめだ……きみは僕を殺す気か」プリモはフェイのヒップに両手をあてて動きを制し、二人のペースの主導権を奪った。フェイは自分がコントロールしているという幻想は捨て、二人の体を支配する原始からのリズムに身をゆだねた。二人は高く舞いあがり、絶頂を迎え、同時にプリモが起きあがってフェイを抱き寄せると、二人の体は一つになって震え、歓喜に引き裂かれて粉々に砕け散った。

フェイが目を覚ますと外は夕暮れだった。抑えた明かりがともっている。寝室には誰もおらず、暖炉の炎が弱まっていた。ベッドにローブが置かれているのに気づき、プリモの配慮に再び胸が締めつけられた。最初の夫はこんなささいな、でも大切なことを考えもしなかった。二人とも若すぎたという事実のせいにできるかもしれない。でももし夫が善良で思いやりがあったなら、当時でもそれは明らかになっていただろうと、フェイは心の中でわかっていた。

フェイはローブを着て、窓の前に据えられた浴槽に向かった。窓からはビーチのすばらしい景色と、その先の海が見渡せた。浴槽には湯が張られ、湯気をあげている。このせいで目が覚めたのだろうか。

フェイは髪をアップにまとめ、ローブを脱いで浴槽に足を踏み入れた。かすかに声をあげながら、温かい湯に身を沈めると、とたんに筋肉がやわらいだ。贅沢《ぜいたく》な化粧品がそろい、グラスに注《つ》がれたスパークリングワインが置かれている。ひどく退廃的な気がしたが、こんなふうに甘やかされたことはなかった。グラスを取りあげ、ひと口飲んで、泡が喉にはじけていくのを楽しんだ。プリモが二人で……ハネムーンを過ごすために、こんな手配をしてくれたのがまだ少し信じられなかった。

こんなはずではなかった。フェイは自分の人生と仕事に専念し、二人は前もって予定された公的な行事でのみ顔を合わせることになっていたはずだ。でも今は……。フェイは憂慮すべき考えの出口すらみつからないまま、浴槽に深く身を沈めた。

数分後、フェイは空腹を感じ、浴槽から出て、体を乾かした。そしてごくありきたりな普段着を着た――柔らかくてゆったりしたパンツとシャツだ。この遠出のために特に何か用意したわけではなかった。

髪はアップにしたままで、フェイは城を下へとおりていくと――ありがたいことに生活感のある空間で――キッチンとダイニングルームに行きあたった。ドア口で立ち止まり、心臓が止まるほど動転した。

プリモがローライズのジーンズにTシャツという格好で、ガスレンジの火の上で何かかき混ぜていた。テーブルには栓を抜いたワインのボトルとグラスが二つ。家庭的な雰囲気の中でさえ、彼はとんでもなくセクシーに見え、フェイは大切な防御の壁がまた少し崩れていくのがわかった。こんなふうでは、そのうち、しがみつくものが何もなくなってしまう。

するとプリモが振り返り、肩に布巾をかけているのに気がついた。フェイは心の中で、この男性を使ってさんざん苦しめる運命の神に嘆願した。

もう勘弁して！　フェイは恥じらいつつキッチンに入っていった。「どうしたの？」

プリモが答える。「火にかけてかき混ぜるだけでは何も言えないな。僕の料理の腕前はこの程度だ」

フェイは鼻をひくつかせた。とてもいい匂いがする。フェイはさらに近づいた。「それは何？」

「どうやらアイルランド産のビーフを使ったギネスシチューのようだ。家政婦が置いていってくれた」

二人の取り乱しようがひどくて引きとめられず、

前もってディナーの相談ができなかったからだろう。

フェイはスープボウルと皿探しを手伝い、ワインをグラスに注いだ。キッチンは広く、素朴で居心地がよかったが、現代的な雰囲気もあった。

プリモはシチューをボウルによそった。「ここで食事をしてもよかったの？」

「もちろんさ」フェイは言った。「ほかの部屋を散らかす必要はない」

二人は座り、フェイはシチューを味わうと、肉の柔らかさと味のよさに目を閉じた。

プリモも同じように声をあげた。「おいしいわ」った。「アメリカ有数の大富豪の遺産相続人にしては、きみはさほど甘やかされていないな」

フェイはワインをひと口飲んだ。心地よくリラックスした気分だった。「あなたにも同じことが言えるわ。なぜプレイボーイの悪がきじゃないの？」

プリモはかすかに肩をすくめ、パンをちぎってシチューに浸した。「きみと同じで、そんなライフスタイルには興味がなかったんだ。それに幼いころから父の女遊びの噂《うわさ》話をしている連中がいることは知っていた。父と一緒に仕事に行くと、父があまり尊敬されていないのがよくわかったし、その印象が強く残っている。恥ずかしかった。そんなことはしたくないと思った。幼いころから、僕は一族の名誉を回復してみせるとずっと思っていたんだ」

「とても高邁《こうまい》な啓示を受けたわけね。弟さんはまったく興味を示さなかったの？」

プリモは首を振った。「クウィンはコンピュータおたくで――いつもパソコンに夢中でプログラミングやゲームをしていた」

「あなたの今日の乗馬はかなりの腕前だったけど」フェイは言った。「どこで習ったの？」

「実は……」彼は記憶を呼びさますようにゆっくりと言った。「母に教わった。すばらしい乗馬技術の持ち主で、実家はブラジルで競走馬を育てていた」

「お母さまが家を出る前は、親しくしていたの？」

プリモは首を振った。「母は父と喧嘩《けんか》ばかりしていた。母が乗馬に連れていってくれたことさえ忘れていたよ。クウィンもまだ幼かったのだろう」

「今でも会ってるの？」

「さほどは——たまに社交行事で会うくらいだ。今の夫が何人目か忘れてしまった」

フェイは事情を理解した。「私は両親には恵まれていたのでしょうけど、兄弟姉妹がいればといつも思っていたわ。一人っ子だったから」

「友だちは？」

フェイは肩をすくめた。「確かに、友だちはいたわ。でも私が学校でいないとき、家はいつもからっぽで、両親を悲しませているのだとわかった」

「ご両親はもっと子供が欲しくなかったのか？」

フェイは胸が締めつけられた。どうしてこんな話題になってしまったのだろう。フェイは首を振った。

「いいえ。母が私を産んだあと合併症を起こして、それからはもう……」フェイの言葉がとぎれた。自分が母親の婦人科の問題を受け継いでしまったようだと、口に出して言うのはあまりにもつらかった。

「すまない」フェイはプリモの視線を避けた。彼の声に心からの思いやりが感じられたからだ。フェイは皿の片づけに立ち働き、彼の質問がさらに立ち入ったものにならないよう、すぐに話題を変えた。

「それで、このマジカル・ミステリー・ハネムーンツアーの次の目的地がどこか教えてくれない？」

プリモはゆったりと座り、フェイがシンクに皿を運んでいくのを見守った。フェイがこの話題について話すのを避けたがっているのがよくわかる。それでもこの家族の話と、家族を持ちたくないとフェイがこだわる理由とに何か関係があるのか、プリモは知りたかったが、今はきかないことにした。

プリモの心をとらえたことはほかにもあった。たとえばフェイは彼が知るどの女性とも違っている。信じられないほど、甘やかされて育っていない。銀の食器もなく、長年愛用されてきたキッチンテーブルに座り、豪華でなくてもうまいシチューを食べて満足するような女性は、ほかには誰も知らない。

フェイは今、食洗機に皿を入れている。プリモは食洗機がどこにあるのかさえ知らない。彼は恥ずかしさに見舞われた。しかもフェイは裸足《はだし》だ。ゆったりとした普段着姿でさえ、彼女の美しさは隠せない。アップにした髪から巻き毛がこぼれ、顔ははつらつとして生き生きとしている。それは馬に乗っているフェイを思い出させた……とても幸せそうだった。

彼はこの女性を幸せにすることに慣れてきている。

そんな思いがプリモの心の内に自然と湧いてきた。それは妻に対して抱く、まったく正当な思いだと彼は自分に言い聞かせた。だがもっと深いレベルでは、それは必ずしも、この関係のためにフェイを幸せにするだけではないと、プリモにはわかっていた。彼自身をも幸せにすることと関係している。

幸せ。いつから彼は幸せになろうとしたのだろう。

そんな思いは嫌いではなかったが、深く考えもしなかった。そして幸せが必要だと認めないことは、少し悲しいことかもしれないと今気づいた……。

フェイは彼を見て手を振った。「ねえ、どこへ行くの？」プリモは首を振った。もう止まらなくなっている。すべてはこの女性のせいだ。

プリモは立ちあがり、ワイングラスを満たし、一つをフェイに渡し、もう一つを自分で持った。それからフェイの自由な手を取り、キッチンを出て、城の中を通って寝室へと戻った。

フェイは言った。「まだ私の質問に答えてないわ……次はどこへ行くの？」

プリモは彼女を寝室に連れていき、ドアを閉めた。彼は二人のワイングラスを置くと、服を脱ぎ捨てた。目顔でフェイにも促し、彼女も服を脱ぎ去った。

フェイの肌はかっと赤く染まり、胸の先端が小石のように硬くなった。プリモは飽くことなく見つめ、フェイも同じだった。プリモは渇望に身をさいなまれ、和らげようとして、落ち着きなく身を震わせた。衝動とはこんなにも抑えきれないものなのか。だがフェイを知れば知るほど、さらにもっと欲しくなる。

プリモは必死でコントロールしようとしたが、体は見事に彼を裏切っていた。視線を引きあげると、フェイの瞳の金色と緑ばかりが見返してきて、彼と同じ渇望の色をたたえている。

「次はどこへ行くのかときいたね」プリモは言った。

「きいたかしら」プリモはうなずいた。フェイはかすかに息を切らして言った。「もうそんなこと、どうでもよくなったわ」

「それはよかった」彼は言うと、前に進み出てフェイのヒップをつかみ、自分のほうに強く引き寄せた。

「なぜなら今は、ここよりほかにいたいところはないからだ」

「ロンドンで会議がある」プリモが言った。

フェイは落胆を隠そうとした。翌朝、二人はアイルランドの城のフォーマルなダイニングルームで朝食をとっていた。フェイは前の晩のキッチンでの居心地のよい質素なディナーが懐かしかった。

そして、そのあと起こったことも。

フェイは熱くなる体を抑えた。

プリモは言った。「僕と一緒に来ればいい。そうすれば、そこからニューヨークに一緒に帰れる」

フェイは落ち着いてよく考えてみたかった。

「いいえ、大丈夫。今日はダブリンに戻って、ギャラリーをいくつかのぞいてみるわ――ちょうど興味深いアーティストの作品を展示しているから」

「ロンドンにもギャラリーはある」

「芸術の巨大な中心地以外の場所で、何が起こっているかが知りたいの」

「だからきみは仕事で成功できるんだな」

温かな喜びで胸がいっぱいになり、フェイは笑みを浮かべた。「仕事ではいつもベストを尽くすわ」

「僕はダブリンできみを降ろして、そのままロンドンに向かえばいいな」

フェイはもう後悔の念に駆られていたが、言った。

「助かるわ、ありがとう」

数時間後、プリモはもうフェイにメールを送ってきた。フェイは街の中心のアートギャラリーで、気持ちを仕事に戻そうとしていた。そのとき携帯電話が震え、バッグから取り出した。〈やあ〉

フェイは目を丸くした。その間にも心臓の鼓動が速まった。〈会議中じゃないの?〉

〈ああ、でも退屈だ。二人で城にもっといればよかった。楽しかったよ〉

フェイは顔を赤らめた。そう、楽しかった。

フェイは自分が笑っているのに気づいた。今は楽しんでいて、プリモにメールを送っているからだ。楽しくないはずがない。彼のメールがまた届いた。

〈今、何を鑑賞中だ?〉

フェイは目の前の絵を写真に撮って送った。

数秒後。〈写真が逆さまかな? それともこれでいいのかな?〉

フェイは自然と笑い声がこぼれ、静かなギャラリーにいたほかの数人が彼女を見ると、すぐに咳払《せきばら》いをしてごまかした。またメッセージが届いた。

〈今夜は堅苦しいディナーに出なければならない。きみがいてくれたらいいんだが。そうすれば、はるかにもっと面白くなる〉

フェイは心臓が激しく高鳴り、返事を送った。

〈欲しいものはいつも手に入るとは限らないのよ〉

〈かわいそうに！〉

フェイは彼に悪態をついたが、ほほ笑んでいた。

それから携帯電話をしまい、プリモからのちゃめっけたっぷりのメールはもう見ないようにした。

フェイはギャラリーをあとにして通りを歩き、彼の言葉を頭から追い出そうとした。

〝二人で城にもっといればよかった〟

フェイはブティックの前を通りがかり、ちらりと目を向けた。そして目が離せなくなって立ちどまった。ウインドーの中にドレスがあった。丈は短く、さまざまな色のスパンコールでできていて――金や銀、赤褐色など玉虫色の輝きを放っている。普段のフェイなら絶対に手を出さないようなドレスだった。派手すぎて、露出過多だった。

普段なら。無視できない衝動に駆られ、フェイはブティックに入り、二十分後、バッグとまだ未完成の大胆なアイデアを携えて出てきた。

ロンドン

プリモはロンドンで最も有名なレストランのディナーの席に着いていた。周りの人々の談笑する声が、落ち着いた贅沢な調度品や重厚な絨毯に吸収され、かき消されていくようだ。内装は暗めで、ほとんどが革張りだった。雰囲気は静かで、上品で、高級感があふれている。プリモはテーブルに向かう途中で、元アメリカ大統領を見つけた――プリモを見つけると、元大統領はわざわざ彼に会釈した。

プリモはこの種のことを決しておろそかにしない。父親の時代にあまりぱっとしなかったホルト・インダストリーズへの尊敬の念を勝ちえようと努め、その機会を逃すつもりはなかった。

六カ月後に、フェイが離婚したいと言い出したらどうする？　小さな声が聞こえた。

その考えはプリモには不快な衝撃だった。座っているにもかかわらず、足元がひどくおぼつかなくなった気がする。ありえない。彼はすぐに自分にそう言い聞かせた。この数日の万華鏡のような光景が頭に浮かんだ。フェイは彼といて幸せだった。どうして彼女が離婚を望むだろう。するとポケットの中で携帯電話が震え、彼は取り出して見た。

〈ディナーはどんな具合？〉

プリモはほほ笑んだ。〈予想どおり退屈だよ〉

〈そんなに退屈そうには見えないけど〉

プリモの中のすべてがぴたりと静止した。ゆっくりと携帯電話から顔をあげた。近くのテーブルを見渡す。ほとんどがスーツ姿の男たちだ。彼のテーブルのように。携帯がまた震えた。彼は下を向いた。

〈冷めた気分なのね〉

いや、フェイがここにいるかもしれないと思うと、プリモはますます熱くなった。いい証拠じゃないか。この結婚が彼の期待以上に現実味があるものだと証明されたのだ。プリモは別の方向に頭をめぐらせた。バーのほうだ。彼の視線は独りで座っている女性に注がれた。一瞬、誰だかわからなかったが――心臓がぴたりと止まった気がした。はっきりわかった。

高いスツールに座り、体にぴったりしたシースドレスをまとい、きらびやかな色彩が細身の体にちらちら輝いている。ストラップは二本で、ローカット、長い脚を組んで、すらりと締まった腿に視線が引き寄せられる。髪はおろしてウエーブがかかっている。プリモに視線を送り、彼が見返すと笑みを浮かべ、手にした繊細なフルートグラスを掲げて見せる。

プリモの血は、アドレナリンと衝撃と驚きと、まぎれもない……フェイに会えた喜びで脈打った。

彼はナプキンを置き、ほかの男たちとの話を打ち切った。「失礼します。私用を思い出したもので」

彼は言ったことが了承されるのも待たず、立ちあがるとフェイのところへまっすぐ向かった。彼女の匂いがする。花とムスクとフェイ自身の香りだ。

フェイはプリモを見つめ、目には、いたずらっ子のような輝きを宿していた。「こんにちは、どこかでお目にかかったかしら」

プリモはフェイの椅子のアームに両手を突くと、彼女を閉じ込めた。「ああ、きみは僕のことをよく知っていると思う。実はとても親密なんだ」

フェイは首をかしげた。「そういえば、少し思い出してきたわ……ホールデン……だったかしら？」

プリモはにっこり笑った。自分が楽しんでいるのがわかる。楽しむなどと、以前には考えもしなかった。自分が幸せかそうでないか、考えもしなかったのと同じように。プリモはフェイの手にあからさまに視線を送った。「既婚女性がバーに独り？　悪魔を誘惑するようなドレスで？」

フェイが目を見開いた。「あなたがその悪魔？」

「そうは思えない」プリモは答えた。「だが僕は今、とても罪深い考えと欲望でいっぱいなのは確かだ」

「飲み物は？」

「いいね。ウイスキーを」

フェイが片手を差し出す。「どうぞ……一緒に」

プリモはフェイの椅子から手を離すと、彼女の隣に座った。フェイがバーテンダーに飲み物を注文するのを見ると、プリモは手を伸ばして彼女にふれ、注意を引きたくてうずうずした。だが彼はこのささやかなゲームを楽しんでいた。

バーテンダーが彼の飲み物を置いた。プリモはグラスを掲げた。フェイが自分のグラスを彼のグラスに合わせ、軽く音をたてる。「何に乾杯する？」

「きみが言ってくれ――誘ったのはきみだから」

「思いがけない出会いに」

彼がフェイのグラスにグラスを合わせる。「思いがけない出会いに」二人は飲み物を口に運んだ。

フェイは彼がディナーを楽しんでいたテーブルに視線を向けた。「皆さんはあなたが席を外して気を悪くしてるんじゃないかしら」

プリモは首を振った。「傲慢に聞こえるかもしれないが、僕が彼らを必要とする以上に、彼らには僕がもっと必要なのさ」

フェイはもう一度さっと見やって、すぐに視線を戻した。「少しがっかりしてるみたいだけど」

プリモはバーテンダーにうなずきかけて注文した。「デザートワインをボトルで――二〇〇九年のシャトー・ディケムを――僕のディナー仲間に頼む」

フェイはひゅっと低く口笛を吹いた。「本当にそれだけの価値があるの？」

「僕が途中でいなくなった苦痛は和らげてくれるさ――ディナーが僕のおごりだって事実もね」プリモはそっけなく言い、ウエイターがワインを給仕したテーブルに向けてグラスを掲げた。彼はフェイに目を向けた。「それで、きみはここへは仕事で？」

「今回の旅は主に楽しみのためね」

プリモは視線をフェイの体に落としていった。ドレスが胸の谷間で深くくれていて、プリモはきらめくスパンコールを脇にどけて、フェイを味わいたくなった。体が脈打ち、彼は椅子の上で身じろぎした。

「あなたは？」

プリモはフェイを見た。「表向きはビジネスだが、今はもっと早く楽しいことに変えたくなっている」

とたんに、フェイはワインを飲み干すと席を立ち、一瞬プリモの腿の間に体を差し入れた。彼の脚のつけ根がこわばった。そしてフェイが腿に手をあて、力をこめると、さらにもっとこわばりが増した。

「私は既婚者だから、あなたが私を誘惑して、後悔するようなことにならないうちに行かないと」

プリモは飲み物を飲み干すと、立ち去ろうとする彼女の手をつかんだ。フェイは彼を見つめた。無邪気さと邪悪さが同居するセイレーンのように。

彼は言った。「きみを誘惑させてくれ。それだけの価値があると約束する」

フェイは考えるふりをし、それから言った。「誰にも知られないと約束してくれるなら」

プリモは胸に十字を切った。「約束する」

フェイがプリモの手を取ってバーから出ると、プリモもついていった。お流れになったビジネスディナーへの、みじんの後悔の念も残さずに。

朝、フェイが目を覚ますと、ベッドにうつ伏せになっていた。頭を動かして横を向く。目を片方大きく開いて見ると、ベッドはからっぽだった。昨夜の光景と興奮がいっきによみがえってきた。バーに独りで座り、プリモが気づくまで待っていた。そして彼が気づいたときの衝撃の強さ。プリモがフェイのためにディナーの席から離れてこっちに来たとき、ほとばしったアドレナリン。何を期待していたのかはわからない。彼を驚かせたいとは思っていても、仕事の邪魔をされるのを彼がどう受け止めるかまで、わからなかった。でも彼にためらいはなかった……。

そして今、フェイは顔をあげて目を細め、かすかに声をあげた。もう昼近い。すると枕の上に残された、ホテルの白いメモ用箋に気がついた。フェイは手に取り、あお向けになって読んだ。

〈ボストンで会おう。P（きみの夫）〉

フェイは自分の顔に笑みが浮かんでいると気づくまで、一瞬手間取った。そして、どんなに努力しても、一度浮かんだその笑みは消えなかった。プリモはフェイの細胞に宿る何かまで永遠に変えてしまった。そう考えるとフェイは少し落ち着かなくなった。

9

ボストン、数日後

〈イベント会場に早く一緒に着けるようになったらと期待するのは、望みすぎなのかな？〉

フェイはプリモのメールに返事をせず、携帯電話をしまった。ボストンの会場近くの渋滞を這《は》うように進むタクシーに、フェイはため息をついた。この催しには自分で行くと言ったとき、プリモがいらだっていたのに驚きはしなかったが、何よりフェイの会議が長びいてしまったのだ。フェイはまた頭を振って、意識がぼやけるのを振り払おうとした。今日は一日中、喉の奥にちくちく刺すような不吉な痛みを感じ、鼻をすすっていた。風邪《かぜ》をひいたのでなければいいが。翌週、フェイはマンハッタンでの大仕事を控えていた——法人の顧客が彼女の企画した新しいアートコレクションを納品するのだ——しかもそばにいて展示に協力する約束もしていた。

手足がかすかに痛む。ヨーロッパから戻ったあとの時差ぼけのせいだと自分には言い聞かせていた。アイルランド西部のあの魔法のような海辺の城が遠い昔のようだ。あれは想像にすぎなかったのか。

プリモとはロンドン以来会っていない。一緒に暮らしていれば、会っていたかもしれない。この数日、二人はベッドをともにできていたかもしれない。そう考えると、フェイは興奮と同時に不安を覚えた。

同居はこの取り決めを永遠のものへと近づける、あまりに遠い一歩だった。あなたはあの男と結婚しているのだから——それ以上永遠のものとはならないでしょう。小さな声が指摘する。

　フェイは顔をしかめた。それどころか、プリモを知れば知るほど、そして彼を渇望すればするほど、フェイが設けた境界線を維持するのがどうしても必要になってくる。境界線がこんなにも重要になってくるとは思ってもみなかった。なぜならフェイは彼が欲しくなるとは思っていなかったからだ。こんなにもプリモが好きになるとは。「着きましたよ」

「ありがとう」フェイは募る思いから我に返った。

　チャリティ・イベントのために、ボストンで最も古い建物の一つに、完璧な装いの人々が次々入っていくのを見て、フェイは運転手にこのまま行ってと言いたくなる気持ちを抑えた。また頭がずきずきし始めた。でもこの場を離れられない。プリモが待っている。フェイの体のあらゆる細胞が彼女をせかし、早く車を降りてプリモのもとへ行くよう促していた。

　フェイはよくない体調を呪いながらも、体がどんなに彼に惹《ひ》かれても、心はまだ無傷のままでいる自分を喜んだ。プリモはフェイの防御の壁を少しは突き崩したかもしれない。それでも彼の並外れた魅力と説得力に抵抗できるだけの強さはまだ残っている。

　イベントが開催されるメインホールに近づくと、フェイはすぐにプリモを見つけた。白いタキシード姿で、髪は額から後ろにオールバックにしている。

　フェイは体の内がとろけ、突然、自分はこの男性には感情的に影響されないままでいるという自信が消え去り、ひどく不確かで落ち着かない気持ちに取って代わられていた。今では想像もしなかった方法で彼を知っている。そしてプリモはフェイが思い描いていた以上に、はるかにすばらしい男性だった。

　プリモはフェイの心までとらえていた。フェイはイブニングバッグを握りしめた。今引き返せば、タクシーはまだそこにいる。まだ間に合う――。

　だがその瞬間、プリモが振り向いてフェイを見た。まるでフェイがそこにいると最初からわかっていたかのように。フェイはとらわれた。彼が近づいてくる。人の波が分かれて、彼の通り道を作っていく。そしてプリモは彼女の前にいた。フェイは息ができなかった。ずっと彼に会いたかった。

「やあ」彼は厳しい表情で、何か言いたげだったが、やがて表情が緩んだ。「どこにいるのかと思った」

「渋滞に巻き込まれてしまって」

プリモがフェイの手を取り、フェイは本能的にもっと近づきたいと思った。彼はフェイが長い間抑えつけてきた、ひどく女らしい部分を引き出してくれた。見守られて、安心していたい。彼の手に手を包まれると、フェイはすぐに心が落ち着いた。それがフェイの悩みの種だったが、もうそうではなかった。

「行こう」プリモはフェイを、美女や有名人、金持ちたちが群がる会場へと連れていった。「芸術の学習プログラムへの資金提供の利点について、知事と議論をしていたんだが、彼は僕みたいな素人ではなく、情熱的な専門家の意見を聞きたがっている」

フェイは――心理的にも現実的にも、喉の奥のちくちくする痛みや、どんどんぼんやりしてくる頭や、熱くなったり冷たくなったりを同時に感じるつらさなど――あらゆる厄介ごとを押しのけて、プリモに論争の場へと導かれていった。

「最後にはベッドをともにするとわかってるのに、なぜ部屋を別にすることにこだわるんだ?」数時間後、イベント会場をあとにして車の後部座席に収まると、プリモはフェイに尋ねた。

プリモと出会って初めて、フェイは彼と愛し合うことが最優先事項ではないと言おうとした。だが車がホテルの前で停《と》まると、プリモが魔法のように一瞬にしてフェイの側にまわり込み、手を貸して車から降ろそうとする。フェイは少しよろめいた。

「大丈夫か?」プリモの手が彼女の肘を強く握った。

「大丈夫。ちょっと疲れただけ。たぶん……体調をくずしてしまったのかもしれない」

二人でエレベーターに乗ると、プリモがフェイをのぞき込んだ。「顔が赤いな」額に手をあてる。フェイは払いのけたかったが、それすら大儀だった。

「風邪か何かだと思う。朝にはよくなってるわ」

二人のスイートルームに着き、フェイが自分の部屋のドアの前で立ち止まると、プリモが尋ねた。

「本当に大丈夫か？」

フェイはうなずいたが、かすかに顔をしかめた。首を振ると頭痛が始まった。「疲れてるだけよ」

「僕も一緒にいよう」

フェイは抗議した。「プリモ、ちょっと気分が悪いだけよ――」

「それだけじゃないだろう」

彼はフェイの手からカードキーを取りあげて読取機に通し、フェイの部屋のドアを開けた。中に入ると明かりをつけ、二人の部屋をつなぐドアに向かう。彼はフェイの側のロックを解除し、彼女を見た。

「僕の側のロックも解除しておく。何かあったら知らせるように」彼はフェイの部屋のキーを返した。フェイはキーを受け取り、出ていく彼を見送った。

一分後、プリモが彼の側のロックを解除したので、フェイは自分の側からドアを開ければいいだけになった。彼がドア越しに言う。「おやすみ、フェイ」

「おやすみなさい、プリモ」

フェイは何とか服を脱ぎ、体を洗った。とほうもない大仕事をやり終えたあとのように、ベッドに倒れ込み、朝までにはよくなっていることを願った。

だが、そうではなかった。悪化していた。もっとひどい。ドアをばんばんたたくしつこい音で目を覚まし、声を出そうとしても何も出てこない。喉が無数の熱い針で刺されるようにざらついて苦しかった。

フェイはなんとか起きあがり、ドアがたたかれている方向に行き、引き開けた。目に入ったのは、どこか見覚えのある広い裸の胸だった。プリモだ。

彼はフェイの額に手をあてた。「フェイ……きみは燃えるように熱い」

〝やめて、プリモ、あなたはそんなにすてきじゃないから〟フェイはそう言いたかった。だが彼女は体の重みを失い、ベッドに寝かされていた。それが自分のベッドでないと気づくと必死で体を起こし、声を絞り出した。「プリモ、言ったじゃないの――」

「ええ、ドクター、至急、お願いします」

フェイはベッドに沈み込んだ。ああ、プリモは彼女と愛し合おうとしたのではなく、医師を呼んでいる。フェイはなぜだかそれが一瞬愉快に思えて――声をあげて笑い、肋骨《ろっこつ》が痛くなった。

それからあとは、すべてがぼんやりとした出来事となって終始した。医師が到着した――感じのいい女性で、フェイを触診し、喉を診ていった。フェイは頭がわずかにはっきりして、医師の話が聞こえた。

「今流行しているたちの悪いインフルエンザに感染したようですね」

プリモの声がした。「家に連れて帰ります。家ならもっとちゃんとした看病ができますから」

〝家〟その言葉がフェイの頭を漂ったが、はっきりと定まらなかった。居心地がよくもあり、少し恐ろしくもあった。フェイは薬を服用し、水を飲むと、さまざまな症状が和らいだ。

そのうち――フェイにはどうやってかわからないが――服を着せられ、プリモと一緒に飛行機に乗せられ、体を震わせていた。それから車に乗り、冷たい空気にさらされ、再び体の重みを感じなくなり、プリモに抱かれて運ばれているのだと気がついた。

プリモは顔をあげた。「ねえ、私、歩けるわ」

「きみはベッドに直行だ」

フェイは顔をしかめた。「そのことしか頭にないの？　言ったじゃない、私はしたくないって……」

だが言葉はフェイの口からも頭からも消え、フェイはぐったり眠りに落ち、ときに助け起こされて錠剤を服用し、水を飲まされた。また別のときには、灼熱《しゃくねつ》の熱さと冷たさを同時に感じることもあった。

声も聞こえたが……フェイが耳を傾け、信じられないほど心地よく感じたのは、深みのある声だった。それは決して遠く離れてはいかなかった。

あるときフェイは目を覚ました。突然、フェイの頭はいくぶんはっきりして、汗で濡《ぬ》れてもいなかった。それでも彼女は弱っていた。

フェイは片肘をついて起きあがった。

「目が覚めたね」ぼんやりと見覚えのある大柄な人影が椅子から立ちあがった。プリモだ。シャツにジーンズ姿で素足。髪は乱れ、顎には髭《ひげ》が生えている。

「ここはどこ？」プリモがベッドに座った。

「僕のアパートメントだ。マンハッタンだよ」

フェイは意識を集中しようとした。「でも私たちはボストンにいたわ」

「二日前はね。僕たちはここに戻ってきた。きみはひどいインフルエンザにかかっていた」

「バスルームに行きたいのだけど」

プリモは立ちあがり、上掛けを引いた。

フェイは自分の寝間着を着ていると気がついた。ショートパンツにおそろいのありきたりのトップスだ。彼女は起きあがり、脚をベッドからおろした。

プリモが手を差し伸べたが、フェイは言った。

「大丈夫。自分で立てるわ」だが立ちあがろうとして、フェイはまたすぐに倒れ込んだ。

プリモがフェイに腕をまわし、おぼつかない脚で立つ彼女をバスルームへと支えていった。フェイは洗面台につかまった。脱力感を覚え、体が震えた。

鏡に映った自分の姿に目をやる。青ざめた顔で、頬に真っ赤な発疹《ほっしん》が二つ。生気のない髪が長くたれている。フェイは内心うめいた。これでこの結婚に終わりが来ないで、ほかにどんな未来があるのか、フェイにはわからなかった。プリモはまだそばにいる。

「もう大丈夫よ」フェイは言った。

プリモがしぶしぶ後ずさる。「ドアの外にいる」

フェイは無事トイレに行き、洗顔と歯磨きをした。小さな動きなのにマラソンを走ったあとのようだ。

プリモがノックした。「入るよ」

フェイに断る気力はなく、彼に抱きあげられ、新たにベッドメイクがされたベッドに連れ戻されると、ほっとした。今では部屋に日の光が差し込み、外のテラスに通じるフレンチドアが開け放たれ、カーテンがそよ風に揺れている。家政婦がシーツを持って出ていくところで、プリモが声をかけた。

「チキンスープをもらえるかな」

「喜んで、ミスター・ホルト。すぐお持ちします」

フェイは名前を思い出した。「マージョリーね」

プリモが新しいシーツを彼女の腰にかけた。「そう、僕の家政婦だ。前に会っただろう」

その女性がトレイを持って戻ってくると、プリモは受け取った。「ありがとう」

フェイは声がまだかすれ、痛みも少し残っていた。

「本当に頭がぼんやりしてしまって……」

「そうだった。一時は救急外来に連れていこうと思ったが、きみはあくまで行かないと言い張った」

「私が?」フェイは何も覚えていなかった。

「ほら、これを飲んで」プリモがスプーンを口元に持っていくと、フェイは言われたとおり口を開いた。温かな味わい深いスープは、フェイにとって、これまで味わったことのないおいしさだった。

「それに、きみはもう何日も食べていない」

フェイは自分が何か話していたとは気づかなかった。疑わしげに尋ねる。「何て言っていた?」

プリモがまたスプーンを口元に持ってくると、フエイはおとなしくそれを飲みくだした。

彼は言った。「フェンスや壁とか、さかんに口走っていた。煉瓦《れんが》の壁が突き崩されたとか」

フェイは自分が口走った言葉の重大さに気づき、身をすくめた。プリモはフェイの大事な防御の壁を突き崩した。フェイは尋ねた。「今日は何曜日?」

「火曜日だ」フェイは計算した。ボストンのイベントは金曜日だった。フェイは週末をまるまる失っていた。すると別のことに気づいて、起きあがった。

「ダウンタウンにあるゴールドマン法律事務所で、新しいアートの展示を企画していたのよ」

プリモはフェイの肩に手をあて、背中をそっと枕に戻した。「きみのアシスタントが関係方面に体調がよくないと伝え、全快するまで展示を保留にしてもらっている。ほかの予定もすべて変更された」

プリモにさらにスープを飲ませてもらいながら、フェイは別のことに気づいた。スープを飲みくだすと、彼女は言った。「私の看病ばかりで……自分の仕事はどうしたの?」

「問題ない。会議の予定は変更し……自宅から指示を出している」自分がいかにひどい病気にかかっていたかに、フェイは衝撃を受けた。そしてプリモがどんなに気遣ってくれたかにも。

「ごめんなさい。こんなにひどくなるとは思わなくて。ボストンには行くべきじゃなかったわ」

「きみにどうしてわかる?」プリモがフェイを見た。

「今日にも自分のアパートメントに帰れるわ」

プリモがいらだたしげに声をあげた。「きみはまだ体力が十分戻っていない。少なくともあと一日は……いや二日は……休養と回復に努めるべきだ」

「でも私は――」

プリモはトレイを置くと立ちあがり、腰に両手をあてた。「フェイ、だめだ。僕はきみの夫なんだ。きみの面倒を見ることになっている。僕たちは誓ったはずだ。病めるときも健やかなるときも、と」

フェイは胸を震わせた。こんなプリモを見たのは初めてだった。「わかってる。でも……私たちは口にしたとおりの関係じゃない……」言葉がとぎれた。

「本物ではないと？　僕には十分本物だった」

その言葉は小さな衝撃となってフェイの胸に響いた。「でもこれはただの……便宜結婚で……ビジネス上の取引にすぎないわ」

プリモは深く腰をおろした。顎の筋肉がこわばっている。「そうなのか、フェイ？　本当に？　お互いの手が離せなくなっているときに？」彼は手を振った。「今のこんな状況にもかかわらず」

「ただ相性がいいだけよ」

プリモは長い間、何か言いたげにフェイを見つめていたが、トレイを膝の上に戻し、またスプーンにスープを満たした。それをフェイの口元に持っていく。「交渉の余地はない、フェイ。きみの体力が回復するまで、きみはここにいて僕の世話になる。だから、これに慣れてもらわねばならない」

フェイは、反抗的な子供に言い聞かせるように話しかけられるのには慣れていなかったが、おとなしく口を開け、プリモにスープを飲ませてもらった。二人の間で何かが変わったが、フェイにはそれが何かわからなかった。だがスープを飲み終えるころにはフェイはまた疲れ果て、プリモの厳しい雰囲気から逃れて再び眠りに落ちていけるだけで幸せだった。


二日後、フェイは体調が回復するにつれ、自分の症状の本当の深刻さに気づいた。プリモを愛してしまったのだ。どうしてそうならないでいられるだろう。まるでこの男性はフェイのあらゆる防御の壁をくぐり抜けるために、この地上に特別に遣わされたかのようで、フェイはすっかり無防備にされてしまった。うわごとであれこれ口走ったのも無理はない。

フェイはただ、彼女が何についてぐずぐず言っていたのか、プリモが知らないことを祈るだけだった。

アシスタントがフェイの面談や会議の予定を組み直して、プリモのアパートメントから出ていった。彼はフェイの持ち物の半分以上を持ってこさせ、客室に運び入れていた。フェイは必要なものが手近にあるのが便利だろうと思って同意した。なぜならプリモはフェイがすっかり回復したと確信するまで、どこにも行かせないつもりだったからだ。

この事実がはっきりすると、フェイはどうしようもなく傷ついた。ただでさえ、プリモは彼女の心だけでなく人生をも巧みに支配しようとしていると、あらゆる兆しがそう示していたのに。

フェイがアシスタントとスケジュール調整をしたリビングに、普段着姿のプリモが現れた。彼は病みあがりにはさらなる健康被害をもたらしそうなジーンズとシャツ姿で、フェイは――彼への欲求が復活してさらに傷ついた気分で――皮肉交じりに言った。

「まさか私を重病人に仕立てて自分のアパートメントに引っ越させようとしたんじゃないでしょうね」

プリモは腕を組んだ。動じない表情がかえって不自然だった。彼は言った。「僕は何でもできると認めるが、魔法の腕前はまだ完璧の域じゃない」

フェイは彼をにらみつけた。自分の本当の気持ちを見抜かれませんようにと願いながら。どうしてこんなことになってしまったのだろう。

まるでフェイを助けるように、さまざまな場面が脳裏を駆けめぐった――プリモとの最初の出会いから、ベネチア、パリ、ダブリン、アイルランド西部の城、ロンドン……。宝石を連ねたようにきらきらと輝いて、この男性の否定できない魅力には慣れていると信じていたフェイをからかっている。

するとプリモが言った。「きみに渡したいものがある――ちょっとしたお見舞いの贈り物だ」

フェイは起きあがった。できればヨガパンツとスウェットシャツ以外を着ていたかった。それでも寝間着よりはましだった。プリモは身をかがめ、ソファの後ろから何かを取り出した。四角くて平たく、茶色の包装紙がかかっている。大きさは三十センチ四方ほどある。彼がそれをフェイに渡し、彼女は手に持った。さほど重くない。包装紙をほどき、開いてみると、見覚えのある小さな油絵だった。印象的な深みのある赤とピンクの色調。フェイは持ちあげ、顔から離して見た——そして下のほうにあるサインに気づいた。「ララ・ロペスね……」フェイはこれが何の絵か気づいて息をのんだ。パリであんなに見入っていた、もっと大きな絵の縮小版だ。「《ライフ》ね」プリモを見る。「どうやって……?」

「彼女に連絡を取って、パリにあるものを売らないかときいたんだが、ギャラリーとの契約があるからできないと言われた。でも彼女はこの絵なら持っていると教えてくれた。大きな絵のもとになった作品だと。彼女の試作品だ……」

フェイは呆然《ぼうぜん》とした。感動以上だった。この絵が好きだと覚えていただけでなく、作者に連絡まで取ってくれた。この絵は小さくても完璧だ。フェイは再びプリモを見た。「あなたがそこまでしてくれるなんて……これは特別よ。ありがとう」

一瞬フェイは泣き出してしまいそうだった。最後に涙を流したのは、最初の夫の仕打ちと、自分の子供が産めないとわかって打ちのめされたときだった。

プリモはフェイから絵を受け取ると、マントルピースの上に置いた。「どこに飾るかはきみが決めればいい。額に入れてもいい」

フェイは立ちあがった。足元がまだ少しおぼつかない。「すてきね。でも、もう一枚ギャラリーに展示されたままでよかった。みんなが見に行けるんですもの。これだって……完璧よ。ありがとう。贈り物なんてよかったのに、でも、とても気に入ったわ」

プリモは腕時計を見た。「オフィスで会議がある。二、三時間アパートメントを離れてもいいかな?」

突然、あらゆることに圧倒され――自分の気持ちと今のこのありさまに――フェイは慌てて言った。

「ええ、全然。私のお守りをする必要はないわ」

プリモは立ち去ろうとして、振り返った。「僕が戻っても、まだここにいるね?」

フェイはただうなずいた。「ええ、いるわ」

プリモは出ていき、フェイはソファに腰をおろして絵を見つめた。そこにはすべてがありのままに、フェイがプリモに感じる鼓動や、脈打つ感情が描かれていた。だがフェイにはわかっていた。プリモがフェイが従順な妻のように彼の世界に溶け込んでくれることをどんなに望んでも、彼を愛したことでフェイが感謝されることはないだろうと。

10

「サンパウロ?」フェイはオウムのように繰り返した。その朝、フェイはこの数日で初めて、ほぼ普通の感覚に戻って目が覚めた。それでも昨夜感じた欲求不満はまだ尾を引いている。夕食後プリモにさりげなく、気分はかなりよくなったと伝えようとした。ほとんどすべての点で、欲求については特に。

プリモはただフェイの腕に手を置き、彼から遠ざけただけだった。〝まだ少し疲れているようだ〟

フェイはベッドに横たわり、怒りと恐れでやきもきしていた。最悪の状態のフェイを見て、プリモはもう彼女が欲しくなくなったのではないかと。

今、二人は朝食をとっている。

「そう、サンパウロ。弟が僕たちを招いてくれた」

フェイはじっとプリモを見た。彼女の視線を避けている。「よかったじゃないの……違うの？」

プリモはそっけなかった。「長く会っていないし、弟の妻にも会っていない。いいことだとは思うが」

プリモは緊張している。フェイにはそれが感じられ、彼に同情した。「私は会えてうれしいわ」

彼はフェイを見た。「きみの療養にはいいかもしれない……日差しを浴びて、リラックスできる」

「私はインフルエンザにかかっただけで――結核じゃないわ」フェイが指摘した。

プリモは彼女をじっと見つめた。「仕事のことで僕と議論を戦わせられないくらい、ひどい症状だったじゃないか」

今回だけは、仕事がフェイの心に第一に浮かんだことではなかった。フェイはプリモをにらみつけたが、彼は笑みを浮かべただけだった。その瞬間、フェイにとって何より重要なのは、弟に会う不安からプリモの気をそらしてやることになっていた。

翌朝、二人は夜明けにニューヨークを発《た》った。フェイはソフトジーンズにカシミアの半袖のトップスを合わせていた。プリモは機内の向こうで書類仕事に没頭し、ジョンという人物と電話で話している。

フェイは彼の仕事ぶりを見るのが楽しかった。唇をすぼめ、髪に指を走らせ、くしゃくしゃにしたりもする。シャツに黒っぽいズボン姿で、ビジネス界の成功者を体現している。フェイはこの男性の表に現れない部分まで知っている事実に、大きな興奮を覚えた。だが病気の間ずっとフェイの面倒を見てきたことで、プリモの彼女への欲求がそがれてしまったと考えると、フェイの焼けつくような興奮も影をひそめてきた。フェイは素早く計算し、絶望に見舞われた。二人は結婚してまだ一カ月あまりなのに、フェイはすでに彼を強く愛していた。それに比べれば、最初の夫に感じたのは十代ののぼせあがりのようなもので、夫婦の関係が消え去ったあとも、フェイのこの十年をずっと支配し続けてきた。

プリモはそんなフェイに、長い間認めようとしなかったものを求めさせた。安心や安全、仲間や恋人、家族までも。いいえ、フェイはすぐにその考えを封じ込めた。進む先にあるのは確実な痛みだけで、フェイは二度とそんなものに身をさらすまいと思った。

サンパウロ

その日の午後遅く、二人は車に乗ってプリモの弟の家の門が開くのを待っていた。フェイは直後になってようやく、プリモが弟夫婦には小さな男の子と生後八カ月の双子の女の子がいると言っていたのを思い出した。いったい何を考えていたのだろう。

流産とその後の合併症の手術以来、フェイは本能的に赤ん坊や小さな子供を避けてきた。だが、もう遅い。ゲートが開いて、葉が生い茂る二つの緑の壁の間を通り抜けていた。

モダンな二階建ての家の前の広い庭に出た。窓がたくさんある。フェイは緑の芝生に子供のおもちゃが散らばっているのを見て、胃が締めつけられた。

二人を待っていたのは、フェイがすぐにプリモの弟とわかる背の高い男性だったが、もっと色白で、ローライズのボードショーツにTシャツという、はるかにカジュアルな格好だった。横には、きれいな女性が立っていた。赤みがかったブロンドにウエーブのついた長い髪、身長は平均的で、短めのカットオフ・ジーンズにかなりゆったりした夏物のトップス。彼女はすてきだった。

車が止まると、小さな金髪の少年が現れ、フェイが反応する暇もなく、フェイの側のドアを開けた。

その子は手を差し出した。「こんにちは、僕はソル。あなたはフェイおばさん？」

フェイは即座に心を奪われた。少年の手を握る。

「ええ、そうよ。よろしくね、ソル」

ブロンドの女性がソルの背後にやってきて、息子をつかんだ。「ごめんなさい。待つように言ったのに。あなたを戸惑わせないように」

フェイが車から出ると、女性は手を差し出した。

「セイディです。お目にかかれてよかったわ」

「私も」フェイは恥じらいを含んだ笑みを見せた。

そのときフェイは、プリモが弟に近づいていくのを見た。二人は背の高さも体格も似ている。最初は警戒ぎみだったが、クウィンが進み出て兄を抱き寄せた。フェイはプリモが驚いているのがわかったが、彼は弟を抱きしめ返した。

クウィンは歩み寄ってフェイに挨拶した。フェイは彼が茶色の瞳をしているのに気づいた。クウィンが妻を抱き寄せ、彼女は夫の腰に腕をまわした。

「おなかがすいたでしょう。まず食事をして、それから家を案内するわ」

フェイは椅子に身を落ち着け、兄弟とセイディを観察していた。今は広々としたオープンプランのキッチン兼ダイニングで、早めのおいしいディナーを楽しんでいる。サンパウロに到着する前、プリモはクウィンとその妻について少し話してくれた。夫婦は数年別居していたが、今はもとに戻っていて、その間、クウィンは独りで息子の面倒を見ていたらしい。〝なぜ別居することになったのか正確な理由はよくわからないが、今は一緒に暮らしている〟

フェイの見たところ、セイディとクウィンが再び別居することはないようだ。二人は常にふれ合い、わずかに目を見交わし、ひどく親密な関係からしか生まれないコミュニケーションを取り合っていた。

フェイはうらやましく思う自分がいやになった。

ディナーが供される直前に、二人は眠そうな黒髪の双子を連れて現れた。ステラとルナという女の子たちだ。フェイは双子を見て、いつも感じる痛みを覚えたが、心に深く押し込めた。すると夫婦はマダレーナという乳母《うば》の助けを借りて、双子を寝かしつけに行った。マダレーナはほとんど家族の一員で、祖母のように近しい関係のようだった。

「僕はもう五歳だから、お客さんたちと一緒にディナーまで起きていられるよ」クウィンとセイディが戻ってくると、ソルはそう宣言した。夫婦はベビーモニター持参で、双子のようすに気を配っている。フェイはませた少年にほほ笑みかけた。「こんなに大きくなったんですものね」

ソルが声を張りあげた。「サッカーは好き、プリモおじさん？　僕は大好きだよ」

プリモはほほ笑んだ。「ずいぶん前に楽しんだきりだけど、きみがするところを見せてくれるかな」

「いいよ！　明日でいい？」

「もちろん――パパとママがいいと言えばだが」

フェイはプリモがソルとのやりとりで、少し無理をしていると思わざるをえなかった。明らかに彼は子供とはあまり縁がない。それでもフェイは彼がよい父親になれると想像できた。彼は優しくて思いやり深く、機会さえあれば、自分の父親とは違った親でいたいと思うだろう。フェイはそう感じた。

フェイは強い痛みに見舞われた――なぜなら彼がそんな機会に恵まれることはないからだ。

気を紛らすために、フェイはセイディに片づけを手伝うと言って立ちあがり、セイディの反対を受け流した。フェイはキッチンでセイディに言った。

「あなたには、すてきな家庭と家族があるのね」

セイディは少し夢見るような顔をして、言った。

「ありがとう。一瞬も当然と思ったことはないわ」

ソルが寝てしまうと、クウィンが言った。「ゲストハウスに案内しよう。快適で、静かに過ごせる」

クウィンが二人と庭におりると、明かりが自動で点灯し、三人の行く手を照らした。低木のまばらな木立の間を抜けていくと、大きな母家を小さくしたような家があり、近くにプールもあった。

クウィンが身ぶりでプールを示す。「自由に使ってくれ。脱衣小屋に水着やタオルもそろっている」

クウィンは二人をゲストハウスに案内した。ここにも開放的なオープンプランの贅沢《ぜいたく》な空間が広がり、豪華さは控えめでも、キッチンに設備が整っている。

「どうもありがとう。ここは本当にすてきね」

「言ったように、自由にくつろいでくれ。きみたちがここに来てくれて本当にうれしいよ」

クウィンが行ってしまうと、フェイはすでに荷物がすべてスタッフによって解かれ、片づけられているのに気づいた。プリモは少し呆然《ぼうぜん》としている。

フェイはプリモのそばに行った。「大丈夫？」

彼はうなずいた。「ひどく……圧倒されてしまって。彼は僕より年下なのに、年上のように感じる」

「子供を持つとそうなるわよ」冗談めかして言う。

プリモがフェイを見つめ、引き寄せると、フェイは喜んだ。「一緒に来てくれてありがとう」

「あなたなら一人でも大丈夫だったわよ」

「弟との緊張感を和らげてくれて助かるよ」

フェイは首を振った。「弟さんが何か根に持ってるとは思えないし、セイディはいい人で、普通よ」

「彼女は弟にぴったりだ」プリモはベッドに目をやり、わざと無関心なふりを装った。「きみはどうだか知らないが、僕はもう疲れて横になりたい」

フェイはプリモにすり寄り体を押しつけた。サンパウロに来る機内で二人は情熱を確かめ合っていた。

「私も」プリモに手を伸ばし、顎にキスを落とす。

「気が遠くなりそうなくらい」

プリモがフェイの服を脱がせ始め、フェイは二人が裸になるまで、その一瞬一瞬を味わった。

二人は熱帯雨林のゲストハウスで愛し合い、そのあと深く満ち足りた気分で体を火照らせながらも、フェイは二人の関係が重要な局面にさしかかったような、不安な気持ちをぬぐいきれなかった。あまりにたくさんのむき出しの感情があふれ、無傷で逃げ出せるかどうかもおぼつかない。フェイはプリモを思う気持ちの深さを、もう隠しきれなくなっていた。


翌日、プリモは芝生の上で繰り広げられる家庭的な光景を眺めていた。甥《おい》のソルがまるで母鶏《ははどり》のように、這《は》い這いをする双子の妹を見守っている。危険なものに近づきそうになると、そっと安全な方向へと誘導する。セイディはフェイと話し、二人もまたこのかわいい光景を見守っていた。

フェイはこの家庭的な雰囲気の中でリラックスしていた。困惑も退屈もしていないし、〝いつ帰るの？〟と言いたげな鋭い視線をプリモに向けたりもしない。プリモには、フェイが子供たちに近づくのを避けているように見えたが、経験不足のせいだと思った。彼と同じように。ソルと赤ん坊たちは、彼を魅了し、同時に怖がらせもした。信じられないことに、感情が高ぶっている。ここ何年も、久しく覚えたことのない感情だった。幼いころ、心に深く押し込めて以来だろう。なぜなら母親がいなくなってしまったからといって、感情のコントロールを失うわけにいかなかったからだ。クウィンは兄弟二人分、感情をあらわにしたが、プリモは強くあらねばならなかった。

「これは兄さんには無縁のものだろうな」弟が言う。

クウィンの乾いた口調がプリモの回想に割り込んだ。プリモは首を横に振り、弟と目を合わせようとしなかった。プリモがまだ明かせない何かを、弟が見ているかもしれないと思ったからだ。だがそれはプリモの心の内に深く場所を占めつつあった。最近になってようやく自分に考えるのを許した切望のささやきが聞こえた。フェイとの生活——ともにする人生だ。

だからプリモは弟に会う必要があった。これを見て、じかに感じる必要があったのだ。こうなりたいと思う欲求を。彼とクウィンが一度も経験したことのないものが現にここにあると——この牧歌的な家族の中に。愛だ。彼は初めてそれを間近で見ていた。そして認めざるをえなかった……愛は確かにあると。

プリモは言った。「大切なのは家族なんだ」さらにはっきり示す。「これだよ」彼は目の前の光景を身ぶりで示した。セイディが双子を日陰で二人乗りのベビーカーに乗せ、ソルとボールを蹴っている。

「父さんが僕たちにたたき込んだものとは違う」

彼は自分をじっと見つめるクウィンを見返した。

クウィンは言った。「それがすべてなんだ。大切なのはそれだけだ」

プリモはとっさに言っていた。「すまない」

クウィンが眉をひそめた。「何に対してだ？」

「おまえが大丈夫か確かめなかった……あのあと」

「父さんが僕の父親じゃないとわかったあとで？」

プリモはうなずいた。「あるいはもっと早く……二人がもっと幼いころ。おまえをもっと大切にするべきだった。僕のかわいい弟なんだから」

クウィンは笑みを浮かべて首を振った。「僕はただ、自分が兄さんでないことに感謝していた。なりたくもないものにされるプレッシャーから、僕を解放してくれたからね」

プリモは甥と義妹に目を向けた。「それでももっとこんなふうにできなくてすまない……何の心配もなく兄弟でいられる時間がもっとあればよかった」

「まだ時間はあるさ」

プリモは弟を見て再び感情がこみあげ、胸がいっぱいになった。「ありがとう」ざらつく声で言った。

「ねえ、プリモおじさん！　一緒に遊ぼうよ！」

プリモは気持ちをそらすことができて歓迎し、セイディと甥のところへ行った。

赤ん坊が泣いている――双子の娘の一方だ。フェイはなすすべもなくあたりを見まわしたが、誰もいない。クウィンは家の中で、プリモとセイディとソルはプリモが木立に蹴り込んだボールを探していた。そして双子の一方が悲しげに泣き声をあげている。

フェイは立ちあがり、歩いていって、モスリンのネットの下をのぞき込んだ。黒い瞳がフェイを見あげている。美しい瞳だ。長いまつげ、薔薇《ばら》のつぼみのような口元。一瞬泣きやんだが、小さな顔をくしゃくしゃにして口をあけた。

フェイはささやきかけた。「泣かないで。お姉ちゃんを起こしてしまうわ。どうしたものかしら」

それでも赤ん坊がまた泣き声をあげ、フェイは無視できない強い本能に突き動かされて手を伸ばし、慎重に抱きあげた。赤ん坊は予想以上に重く、まつげに涙をためてフェイをしばらく見つめたあと、ふっくらした腕を伸ばした。フェイは赤ん坊を肩に抱きあげ、ぎこちなく背中をそっとたたいた。そうされるのが好きらしく、赤ん坊は泣きやんだ。フェイは赤ん坊を肩の上で揺らしながら、少し歩いた。

「あなたは子育てに向いてるわ」

フェイは振り向いてセイディを見た。フェイはプリモとソルがまたサッカーをしているのにぼんやり気づいた。「いいえ、私なんて。本当に、だめよ。ほとんど赤ちゃんを抱いたこともないんだから」

フェイはセイディがすぐにも赤ん坊を奪い返しに来るだろうと思ったが、セイディはまったく気にしていないようだった。もう一人の双子を確認し、苦笑する。「ステラは怠け者で――竜巻が来ても眠っているわ。ルナは何が起こっているか知りたくて、明らかにあなたに会いたがっていたようね」

フェイは笑みを浮かべていたが、震えていた。この温かく、信頼しきっている赤ん坊を抱くのはほろ苦かった。ルナはフェイの首元に頭を預けている。

フェイは赤ん坊の息づかいを肌に感じた。

セイディが尋ねた。「あなたとプリモは……？家族を持つつもりはないの？」そこで顔に手をあてて言う。「お願い――許して。答えなくていいわ。立ち入った質問だったわ、結婚したばかりなのに」

だがフェイは首を横に振った。この赤ん坊を腕に抱き、セイディの気さくな態度に、フェイは自分から認めていた。「プリモには子供を持つつもりはないと言ったけれど……それはそのつもりがないのではなく……私には子供が持てないからよ」

セイディが手で口を覆った。目に同情の色が濃い。

「フェイ、ごめんなさい。何も知らなくて……」

フェイはひどく取り乱し、目がちくちくしてきた。動揺を察したのか、セイディは赤ん坊に手を伸ばし、今は眠っている幼子をベビーカーに巧みに戻した。

「大丈夫？」セイディはフェイを慎重に庭から連れ出した。フェイはうなずいた。

「本当にごめんなさい……。こんなことまで言ってしまって……」

すべてが明らかになった――二人の結婚は本当は便宜結婚にすぎないのに、プリモがいつかは家族を持ちたいと望み、フェイはそんなことは起こりえないと言うつもりはなく、六カ月が過ぎたら別れるつもりでいたのだった。「私こそ、ごめんなさい、フェイ……。あなたは彼を愛してしまったのね」

フェイはうなずいた。「哀れよね？」

「そうでもないわ」セイディが同情する。「私も同じ悩みを抱えているもの」

「でもクウィンはあなたに夢中よ」

セイディは顔をしかめた。「そう簡単じゃないのよ、この話には少なくともワインが一本必要ね」

「ママ！　ルナがまた目を覚ましたよ」

ルナの泣き声がして、セイディは目を丸くした。

「ごめんなさい、授乳の時間だわ――だから、あの子はじっとしていなかったのね」

「行ってあげて」フェイは感情を押し殺して言った。

「ごめんなさいね、こんな話を聞かせて」

セイディがフェイの手を握った。「私たちはもう姉妹よ、何があっても、いいわね？」

フェイはうなずき、胸にこみあげる感情の大波を再び感じた。

気分を十分に落ち着けると、フェイは中庭に引き返し――その途中でぴたりと足を止めた。プリモは双子の一人を腕に抱きかかえ、クウィンが哺乳瓶で授乳をしてみせていた。プリモの顔には、フェイが見たこともない畏敬の念に打たれた表情が浮かんでいる。そして、もう二度と見ることもないだろう。なぜなら今、フェイはこの見せかけの芝居をもう続けられないとわかったからだ。ここに来て、フェイの中で何かが壊れてしまった。それでも、あらゆるものが壊れ去ってしまうとは思いもしなかった。

フェイはうつろで孤独な気分が広がるのを感じた。すべてプリモ・ホルトのせいだ。

その瞬間、フェイはもう二度と彼には会うまいと思った。

11

　プリモがじっと息を凝らしている。クウィンが苦笑した。「この子は見た目ほどやわじゃないよ」

　幼い姪《めい》が、まるでプリモがこの世の何でも知っているかのように、大きな黒い瞳で彼をじっと見あげ、旺盛な食欲を見せてミルクをごくごく飲んでいる。

「そろそろ背中をたたいてあげて、プリモおじさん、そうしないとミルクを吐いちゃうかもしれないよ」

　プリモは赤ん坊から視線を引きはがしてソルを見た。ソルはミルクやりのベテランのようだった。

　そのとき何かが視界をよぎり、フェイが芝生をくだってゲストハウスへ足早に向かうのが見えた。

　フェイは急いでいるようだ。プリモは声をかけたかったが、赤ん坊の機嫌をそこねたくなかった。

　げっぷのさせ方を教えられたあと、プリモが赤ん坊に見事にそれをさせると、クウィンは娘を引き取って言った。「よくやった、初めての授乳だったのに。兄さんが最初の子供に恵まれたら、この練習に感謝してもらわないと」

　プリモは胃の腑《ふ》に落ち着かないものを感じ、立ちあがった。「フェイのようすを見にいかないと」

「六時ごろディナーに来てくれないか？　今晩はバーベキューにするつもりだ」

　プリモがうなずくと、クウィンは娘を、セイディはもう一人の娘を腕に抱いて見送った。プリモはセイディがいつもと違うようすで彼を見つめているのに気づいたが、気のせいだと自分に言い聞かせた。

　そろそろフェイと話し合う時期なのかもしれない。今ならきっと、二人ならうまくいくと認めるはずだ。長続きのする関係が結べるはずだと。

だがゲストハウスに入って最初に目にしたのは、フェイがバッグに荷物を詰めているところだった。ひどく動揺している。プリモは尋ねた。「どうした、何があった、お父さんに何か……？」

フェイは動きを止め、体をまっすぐ起こしてプリモと向き合った。青白い顔で、目を大きく見開いている。フェイが首を振る。「父ではなく……そうではなくて、私よ。もう行かないと。離婚を申し立てるわ、プリモ。悪いけど、六カ月も待てないの」

プリモがフェイを見つめている。まるで彼女が正気を失ったかのように。そうだった。フェイは完全にパニックに陥っていた。今すぐここから、プリモから離れなければ。ここにはフェイがずっと夢見てきた家庭生活そのものがあった。だがそれは同時に——残酷にも——彼女にとっては最悪の悪夢でもあった。なぜならフェイはこれを手に入れることができないからだ。プリモにも与えられない。

フェイは息を吸い込み、落ち着こうとした。彼にもすべてを知らせておくべきだった。「あなたがさっき赤ちゃんと一緒にいるのを見て……」

プリモは話を理解しようとするかのように首を振った。「ついさっき、きみは出ていかねばならないと言った。離婚したいとも言った」

フェイはうなずいた。「言ったわ」

「何があったんだ？　僕が赤ん坊と一緒にいるのを見たことと、どんな関係があるんだ？」

フェイは自分の前で両手をきつく握り合わせた。「あれだけよ。あれだけが何もかもと関係があるの。私たちに。私はあなたがどんなふうに赤ちゃんを見ていたのかわかったわ、プリモ。あなたが弟さんとの溝を埋め始めたのも。すばらしいことよ。でも私には、あなたの考えていることもわかった。あなたもあれを欲しがっているのだろうと……あなたが腕に抱いているものを。本当の人生を。家族を」

〝愛を〟という言葉が口をつきそうになり、フェイは押しとどめた。彼はもっと多くのものを望んでいる。でも、それに愛が含まれないことは確かだ。

プリモはフェイを見た。「ああ……そうかもしれない。ずっときみとその話がしたかった。僕たちの間にあるものは、僕たちが想像していたよりずっと強いものだと思わないか？　そこで僕は考えた。もしかして……違ったやり方ができるかもしれないと。以前は子供については、目的を達する単なる手段としか考えていなかった……一族の遺産や家名を残すためとしか」彼は続けた。「だがきみと一緒に家族を作ることは、フェイ……きみは僕が以前は欲しいとさえ思わなかったものを欲しいと思わせてくれた。こんなことができるなんて思いもしなかった」

感情が高ぶり、フェイの中で燃えあがった。フェイはあふれないように懸命に押しとどめた。「それがすべててよ。私はあなたにそれを与えられない」

プリモはまた首を振った。「僕と家族を持つことの何がそんなにいやなんだ、フェイ？」

「話を聞いてなかったの？　私はあなたにそれを与えられないと言った。文字どおり、できないのよ」

プリモは不満をあらわにした。「そんなつもりはないってことか？　理由は何だ？　これを駆け引きの材料にして、もっと何か欲しいのか？」

フェイはぞっとした。彼がそこまで言うとは思わなかった。「いいえ、どうしてそう考えるの？」

でも、あなたは彼をずっとだましてきたのよ。「プリモ、話を聞いて。まだ言っていないことがあるの。すっかり……正直に話したわけではないの」

彼は口を開いたが、フェイは手をあげてとどめた。彼が口を閉じると、フェイは手をおろした。

「最初の夫とは結婚初夜ですぐに妊娠した。典型的な妊娠ね」フェイは声に混じる苦々しさを抑えようとした。「でも数週間で出血してしまった。流産よ。症状がひどくて病院に搬送され、流産は処置を受けたけど、合併症の手術が必要で、さもないと死んでしまうかもしれないと言われた」あえてプリモに視線を向ける。「子宮の部分摘出手術を受けたのよ」

プリモが無表情でフェイを見つめ返す。

フェイははっきり口にした。「私は子宮を奪われたの、プリモ。子宮がない。子供が持てないのよ」

長い沈黙の末、彼は言った。「なぜ話してくれなかったんだ」フェイはベッドの端に腰をおろした。

「誰にも話したことがないからよ。父さえ知らない。私はあなたのことをほとんど知らないし、あなたには関係のないことだと思ってた」弁解がましく言う。「それに私は最初から子供を持つつもりはないと言ってるから、あなたは了解ずみだとわかっていた」

プリモは首を振っている。「いや、僕のせいにしないでくれ、フェイ。きみは〝持つつもりはない〟と言った。〝持てない〟とは大きな違いがある。その違いが何かわかるか？　きみが考えを変える可能性があると、僕に確信が持てるということだ」

「それが問題になるとは思ってなかったわ。私たちの結婚が二人の予期しないものになるとは思ってもみなかった。ごめんなさい、プリモ。最初に本当のことを話すべきだったわ」二人の間に緊張が走る中でも、フェイは肩の重荷がおりた気がした。痛みに満ちた秘密を抱える心の重荷だ。プリモは目を見開いて彼女を見つめ、指をぱちりと鳴らした。

「だから六カ月の免責条項にこだわったんだな。結婚を半年以上続けるつもりはなかったんだろう」

フェイは嘘《うそ》をつけなかった。「ええ」

プリモの顎がこわばった。「僕は駆け引きはしないと最初に言ったはずだが、きみにとってはすべてが長い駆け引きだったんだな。きみは短期的な利益しか見込んでいなかったのに、父親とファミリービジネスのために長期的な利益を得るようにした」

フェイは再び立ちあがった。「私に比べれば、あなたの思惑など取るに足りないみたいな言い方はやめて。あなただってビジネス上の取引と、ボーナスとして都合のいい妻を手に入れたくせに。なぜ私が、有望な候補者のリストから私を選ぶような誰かと、最も内密な痛みを分かち合わねばならないの？」

「それは僕が常に長期的な視野に立ってものを見ていると、きみがよく知っていたからだし、会ってすぐ僕たちの間に散る火花が、決して都合のいいものじゃないとはっきりしたからさ」

「私たちにはただの情事でよかったのかもしれないし、そうあるべきだったのかもしれない」

「馬が暴れて駆け出してしまったのさ、フェイ。いつもは人に気持ちを左右されたりしないのに、きみが僕の心を盲目にしたのさ」

「私はあなたを盲目にしたりしない」フェイはみじめに言った。私があなたに目を奪われ、恋に落ちてしまったのよ。

「それで、きみはどうするつもりだったんだ？　六カ月待って立ち去るつもりだったのか、免責条項どおりに？　何も害はないから、大丈夫だと？」

フェイはうなずいた。「問題になるとは思っていなかった。私たちは別の人生を歩むと信じていたし、そうなれば、あなたは結婚を続けたいとは思わないだろうと。でも……別の問題が起こってしまった」

それがすべてだった。

「人生最高のセックスを便宜結婚で味わうとは思わなかったのか」プリモが耳ざわりな笑い声をあげる。「信じられないことに……僕もそうなんだ」

彼女はひるんだ。「ほかの伴侶を見つけて――」

プリモがさえぎった。「それがきみの考えか？　失敗した結婚の後遺症を乗り越えるには、次の妻を選べばいいと？」

フェイは顔をしかめた。「ごめんなさい、プリモ……いろんなことがあっという間の出来事で、長くは続かないと思ってしまって……」

プリモがすかさず二人の距離をつめたので、フェイは話せなくなった。彼がフェイの腕を両手でつかんだ。「何が長続きしない、フェイ？　これか？」

彼の口がフェイの唇をふさぎ、怒りに張りつめ、抵抗しようとする体が、プリモにとろけていく。あらゆる細胞が彼を身近に感じ、ふれたいと声をあげている。すると彼は身を引き、瞳を輝かせた。

「うまくいくと思えるだろう？」

いいえ。ますます強くそう感じる。はっきりと。フェイはプリモから身をふりほどき、二人の間に距離を置いた。「こんなことは決して起こらないと思っていた」二人ならコントロールできると！

「起こったんだ」プリモはきっぱりと言った。

フェイは視線をあげ、プリモの輝く青い瞳と向き合った。その瞳は今はもう熱気を失い、冷たかった。

「本当にごめんなさい、プリモ、事実を告げなくて。十年間、ほとんど誰にも黙ってきた、つらい秘密だったの。人とは表面的なつき合いしかしてこなかったのも、そのせいだと思う。夫に拒絶されたあと、私は自分が一人前の女だと思えなかった。私が告げなかったのは、あなたが忠誠心を抱いて私と一緒にいなければならないと思うような、そんな立場になってほしくなかったからよ」

フェイは苦しげに続けた。

「でも私があなたに家族を与えられない事実に変わりはないわ、プリモ、それに家族なしでは一族を支えられない。今すぐ別れたほうがいいわ。ひそかに離婚して、あなたはもっとふさわしい妻を選べばいい。あなたの評判だってひどくは傷つかない——その点、男性は女性よりも許容されやすいわ」

プリモは今知ったことに動揺していた。フェイがどれほどひどく彼をあざむいたかに。それが容赦のない疑問を投げかけていた。もしフェイが最初からこのことを告げていたら、彼はどうしただろう。それでも彼女と結婚していただろうか。家族が欲しいかどうか真剣に考えねばならなかったとしたら、情事に甘んじていただろうか。もし真剣に考えるなら、彼らは今どうしているだろう。

二人がまさにその立場に立たされていると気づいて、プリモはひどくあわてた。だがフェイを見る限り、彼に見えたのは裏切り者の顔だけだった。彼が決してあるとは認めなかった夢が、今この場所で、実現したと思った瞬間……粉々に砕け散ったのだ。

プリモはフェイを見られなかった。彼女を見ていると相反する思いに翻弄され、頭の中で葛藤が増すばかりだったからだ。彼はフェイから目をそむけた。

「もう行くわ、プリモ」

プリモはまたフェイを見られなかった。

彼は再び振り向いた。「そんなに簡単なことなのか。ここから出ていってどうするんだ……。自分の人生を歩むのか」

フェイは唇を噛《か》んだ。顔は青ざめ、目を見開いていたが、プリモはそれにはほだされなかった。

フェイは言った。「私のことをどう思おうと、あなたは自分の人生を歩み、望むものをすべて手に入れる資格があるわ。家族も」

だが、そんな夢も今は色あせてしまった。そのことが何よりプリモを怒らせた。彼女がその夢をかきたてておきながら、壊してしまったのだ。

そしてプリモは、フェイは彼と同じ感情の崩壊を心の内で味わっていないのではないかと思った。なぜならプリモはこれまでずっと感情を抑え込み、無反応でいられると信じてきたのに、突然、あらゆる感情を抱くようになったからだ。怒り、激情、喪失感、喜び、希望、そして畏敬の念。それらがすべて、彼の内で黒く渦巻く大きな塊と化していた。

ところが今思い浮かぶのは、母親が家を出ていった日の記憶だった。クウィンは行かないでと泣いてすがりついたが、プリモは心を冷たく閉ざし、感情を麻痺《まひ》させ、弟を引き戻した。そしてあんなふうな辱めを受けるはめには決してなるまいと心に誓った。

そして、プリモがまだそれが何か口に出しては言えない、別の感情が入り交じって渦巻いていた。

もしそれを口にしたら、彼の知るあらゆるものが、人生をかけて築いてきたあらゆる信条が消えてなくなり、彼だけが取り残されてしまう。母親がそうしたように、この女性がドアから出ていってしまえば、プリモは破滅してしまう。彼は今度は、感情を麻痺させてはいられなくなる。だから彼はそれを口にするつもりはなかった。プリモは後ろに身を引き、フェイから離れ、心の内に渦巻く塊から自分を遠ざけた。彼はフェイが自分の人生にどうやって位置を占めたか考えた。まったく予期せぬ事態で――彼はすっかり注意をおこたってしまった。ビジネスでは決して気を緩めたことはないのに。

結局、父親と同じになってしまったのか。

フェイとの結婚の目的は、彼の人生と仕事を充実させるためであって、評判を落とすためではなかったはずだ。彼女の言ったことは正しいのかもしれない。フェイは彼をあざむいた。そして今、彼女はプリモに正気を取り戻す機会を与え、彼にとって何が大切か思い出させようとしている。

だが、それが何なのか彼にはもうわからなかった。

「きみの言うとおり、僕たちはもう終わりだ」

プリモはきびすを返し、ドアを通って外に出た。彼は変わっていない。もとの彼のままだ。胸の内にたぎる感情の塊には、まだ身を任せていなかった。

12

マンハッタン、一週間後

フェイは今日が何曜日なのかわからなかった。時間が伸縮自在にずれて……計るのが難しい。あの木立の間の小さなゲストハウスからバッグを持って外に出ると、セイディが待っていた。プリモとクウィンと子供たちはどこかよそに行っていた。なぜなら彼らは家族で、一緒にいるべき存在だからだ。

フェイは部外者で、歓迎されていない。

それでもフェイは何とか一緒に過ごそうとした。

セイディはフェイを空港に連れていき、飛行機にも乗せてくれると、フェイを抱きしめて言った。

「これっきりにならないよう願ってるわ、フェイ」

だが、そのとおりだった。フェイはよくわかっている。プリモとの間に散る火花が強さを増した瞬間から、過去の真実をすべて話さないことで、自分は火遊びをしていただけなのだと。結婚という軌道をまわる二つの衛星の一方だったとしても、心まで交わることは決してなかったのだと……。

「フェイ……?」顔をあげると、アシスタントのマークが心配そうに見ている。「お客さまです……」

この小さなオフィスに？　ほとんど誰も来ないのに。フェイはいつも外で人と会っている。ここは機能的なオフィスではあっても、何の面白みも魅力もない。アッパーイーストサイドにある、たくさんのオフィスが入るビルの一つで、窓からは、二つのブロックの間にセントラルパークがかいま見える。

「誰？」フェイは時差で鈍った頭を働かせようとした。スケジュールに記載もれがあったのだろうか。

「プリモ……あなたのご主人です」

一瞬、フェイは聴覚がおかしくなった。まるで水中にいるようで、あらゆるものがこもって、ゆがんで聞こえる。マークが顔をしかめ、フェイのほうに向かってくる。フェイは手を振り、深呼吸をして、ひと息つこうとした。フェイならできる。彼は離婚の話をしに来たのだろう……。でも、それなら弁護士を通じて話を進められるのではないだろうか。

「大丈夫」フェイは言った。「入ってもらって」

悲しいことに、彼にさげすまれるとわかっていても、彼にひと目会って、同じ空気を吸いたかった。

マークが出ていくと、数秒後にプリモが現れ、部屋の雰囲気と明るさが一変した。フェイは立ちあがろうとしたが、脚がゼリーのようで力が入らない。

プリモは茶色の包装紙がかかったものを抱えていて、それを壁際におろした。スリーピースのスーツに身を固め、見るからに……。フェイは顔をしかめた。彼は疲れているようだ。黄金のオーラに陰りが見える。フェイはまばたきした。いいえ、相変わらずゴージャスだ。フェイの思いすごしだろう。彼女は何とか足を動かして立ちあがった。「プリモ」

彼はそれ以上近づいてこなかった。「フェイ、きみは……」フェイも疲れているとは思われたくなかった。彼女はこれまで経験したことのないような、体の芯までくたくたの疲れを覚えていた。それでも心の傷とは裏腹に、ある程度の安らぎも感じていた。ようやく心の重荷から解放されたのだから。プリモがそのことで彼女に感謝するわけでもないけれど。

「離婚の話をしに来たの？」フェイはプリモを見た。

「いや。だがきみに話があってきた」彼は部屋を行きつ戻りつし始めた。「わかるだろう、フェイ、僕はサンパウロできみに衝撃を受けた。きみがどんな目に遭ったか全然知らなかった」立ち止まり、フェイを見つめる。「恐ろしいことだ。想像もつかない。

まだ若い人生のスタート地点で、子供を持つという最も基本的なことを奪われてしまうなんて」

フェイは崩れ落ちるように再び座り込んだ。「あれは……人生で最悪の日だったわ」

プリモはまた部屋を行きつ戻りつした。「すると夫はきみを支えもせず、きみに背を向けたのか」

「ええ」プリモは立ち止まり、フェイを見た。

「彼はそのつらさを理解しようともせず、きみを安心させようともしなかったのか？」

フェイは再び立ちあがった。こんなふうに意気消沈してばかりいられない。フェイは自分のデスクのそばに行ったが、そのそばから離れなかった。

「そうよ。何なの、プリモ、あなたは罰として、私に過去を思い出させるためにここにいるの？　もしそうなら、うまくいっている……だから信じて、この記憶が私の心から遠ざかることは決してないと」

プリモはフェイを見つめた。彼の顔には際立った表情が浮かんでいたが、フェイにはそれが何なのか読み取れなかった。だが彼女の傷ついた心は少し活気づいた。「すまない……僕はただ、何があったのかすべて明らかにする必要があると思って……」

フェイは知るべきだった。ありえない希望が芽生えかけていることを。「なぜここに来たの？」

プリモは濃い青の瞳で彼女を見つめた。「僕は簡単にあきらめないからさ。こんなハードルを僕が乗り越えられないと思ったのか、最初の夫のように」

「これはゲームじゃないのよ、プリモ。彼に勝つ必要はないし、もし慰めになるなら、彼は大した男じゃないわ。私を捨てて、もう三人目の妻を迎えてるでしょうし、二回目の結婚で儲《もう》けた子供たちに会うため、親権争いをしているわよ」

プリモは手を振った。「彼を負かそうとしないなら——僕は愚か者だ。僕はただ、子供を持つにはいろいろな方法があると言っているだけなんだ」

フェイは胸が痛いほど締めつけられた。この男性のおかげで、フェイはまたあの可能性を夢見たくなっていた。たとえ彼女が実際に出産はできなくても。

彼はまだ話している。「体外受精だよ、フェイ。僕の精子と卵子の提供を受けて……代理母を探す」

何の考えもなしに、フェイは自分がこう言っているのを耳にした。「私は卵子を採取したわ……」

「何だって?」

フェイはうなずいた。その事実はいつもそこにあったのに、深く掘りさげようともしなかった。何の役にも立たないと思っていたからだ。

「手術後も、私の卵巣はそのままだった……今もまだ無傷で残っている。当時はまだ若かったから、卵子を凍結保存することを勧められたわ。正直、手術がまだトラウマになっていて、数カ月かけて刺激して採卵したことはほとんど記憶に残っていなかった。私にはまだ卵巣が残っているから、たとえその卵子が使えなくても、また同じプロセスが踏めるわ」

プリモには衝撃だったようだ。「きみはそれが僕たちが子供を持てるチャンスになると思わないのか、フェイ? どうして気づかなかったんだ?」

「たぶん、選択肢が一つ与えられたとき、夫が即座に却下したからじゃないかしら。〝自分の子供を他人に産ませるつもりはない〟と言って。夫は養子縁組についても同じような考えを持っていたから」

フェイはプリモを見つめた。

「離婚後、私は心を閉ざした。子供を持ちたいという希望は封印し、誰とのつき合いも表面的なものにとどめた。だから、こんなことにはならなかった。そして、あなたと結婚したとき……半年後には離婚するのだから、問題にならないだろうと思った」

フェイは気づかないうちに、身を守るようにデスクの後ろに退いていた。

プリモは近づき……デスクの向かい側に進み出た。

「第一に、きみの元夫は大ばか者だ。彼に会わないことを願うよ。殴りつけてやりたくなるからな。第二に、きみがこんなふうな行動に出た理由もわかったよ……。だが僕たちにはチャンスがある、フェイ、これを究めてみる気はないか？」

フェイはプリモの顔に満足げな表情が浮かんでいるのがわかった。問題は解決した。そして、確かに、今は家族を持つチャンスがあるかもしれないと認められる……。でもプリモは夢が絶たれた十年間を生きてはいない。ほんの一週間、彼女との間に家族を持つ可能性を失っただけだ。そして今は希望があると学んでいる。フェイは心の一部でプリモが腹立たしかった――まったく理屈に合わないけれど――なぜなら彼は決してフェイの痛みに満ちた悲しみを理解しようとしないからだ。みじめに打ちのめされた痛みを。「プリモ、そんなに単純じゃないわ。卵子がある、あるいはありうるからって、受精卵になる、あるいは代理母が見つかることにはならないのよ」

「養子縁組がある……」

フェイは首を振った。「本当にほかの誰かの子供を育てられるの？　何もかもうまくいかなくて、私たちだけになったら？　家族が持てなかったら？　そうなったらどうするの？」

プリモはデスクをまわり、さらに近づいてきた。

「それなら、僕たちにはお互いがいる」

フェイは首を振り、一瞬でもそう信じてしまいそうな自分が怖かった。「十分じゃないわ、プリモ。つき合って一カ月で、まだ互いをよく知らないわ」

「僕はこの世界の誰よりきみのことを知っているし、きみが僕のことを知っているのもわかっている」

「私たちの間は熱烈だったけど――」

「今も熱烈だよ、フェイ。どうにもならない」

フェイは否定したかったが、できなかった。フェイはプリモのどんな細かな動きにも気づいている。

声のあらゆる抑揚も、二人の間にたぎる熱気も。

「プリモ、そんなの無理よ……」

プリモはさらに近づき、今や二人を隔てるものは何もない。もし彼がフェイにふれたら――。

フェイは腰をおろした。

プリモは彼女の前にしゃがみ込んだ。

「フェイ、僕が言おうとしてうまく言えなかったのは、もし僕たち二人だけになっても、それでもいいってことなんだ。なぜなら僕はきみとでなければ家族は欲しくないからだ。きみとだ、ほかの誰とでもない。夢があるのはきみがいてこそで、もしそれが定めなら、その夢は僕たち二人だけのものとなる」

フェイは涙で目がちくちくした。「はっきりそうとは言えないわ、プリモ、だって私たちはあのすさんだ状況に向き合ってはいないもの。でも私は知っている。私の最初の結婚は破綻した。体外受精の失敗や、自分のＤＮＡを持つ子供たちをどれだけ望んでいるか正直に話さず、養子縁組がうまくいかなかった話をずっと聞かされてきた。私たちよりはるかに強い婚姻関係さえずたずたにされてしまうのよ。あなたはまだこれが自分の望むものと決めただけなのよ……それを手に入れるべきだと。でも、私とではない。もしうまくいかなかったら、私たちの支えになってくれるものは何もないのよ」

彼はフェイの手を取り、見つめた。「愛している、フェイ」彼の言葉がフェイの胸の内の麻痺《まひ》した場所に落ちた。彼女はその言葉を感じることも、信じることもできず、ひたすら防御の壁を固めようとした。

「なぜそんなことを言うの？」

「事実だからさ。きみに恋をして、それが何なのかさえわからなかった。クウィン以外の誰かを、これまで愛したことがなかったから」

フェイは再び立ちあがり、プリモの手を振りほどくと椅子の後ろにまわった。彼もむだのない動きで立ちあがり、フェイを見つめる。彼女はパニックを覚えた。もしプリモの言葉を信じ、彼がただフェイを口説き落とすために言っているのだとしたら……。

「あなたは私を愛してなどいない、プリモ、ただセックスがすばらしかっただけよ。今、あなたは家族が持てるかもしれないと考えている。私たちはもう結婚しているし、離婚は面倒だし、だから――」

「やめろ」フェイは口をつぐんだ。プリモが続ける。「愛してる。そして、そうとも、僕は家族を作りたい。なぜならきみは僕の心を粉々に打ち砕いて、思ってもみなかったことを僕に望むようにさせた人だからだ。一生をかけてだ、フェイ。半生じゃない」

だが事実は半分の人生にしかならないかもしれない。フェイには、どんなに努力しても、フェイとプリモが家族を作れない未来が見える気がした。二人の欲求が衰え、人生が空虚になっていくのが見えた。プリモはやがてフェイを愛していないと気づく。そして彼は最初の夫のように、フェイが中身がからっぽの役立たずだと責めるだろう。そして彼は立ち去る。不要な重荷のようにフェイを置き去りにして。

そして今、フェイはもう十分だと思っていても、プリモの拒絶には耐えられないだろうとわかっていた。

今はかろうじて生き延びているだけでも、やがてまた自分らしさを取り戻せるかもしれない。

これは誰？　小さな声が問いかける。傷つくのが怖くて人生の瀬戸際を避けて通ろうとする女？

フェイは首を振り、両手で椅子の背をきつくつかんだ。「できないわ、プリモ。私にはできない」

「きみは僕を愛しているのか、フェイ？」

フェイの心臓の鼓動が答えを告げていた。

もちろんよ、ええ、ずっと。

だがフェイは口に出して言えなかった。これが防御の最後の砦《とりで》だった。

「言わせないで」フェイは懇願した。彼にはわかっているからだ。もちろん彼にはわかっている。

プリモはドアへとあとずさった。

彼は言った。「もういい。今のところは。だが、答えはちゃんとあるんだ、フェイ。隠そうとしたり、否定しようとしてもむだだ。人生には何の保証もない、そうとも、僕は家族が欲しいのだとわかって、自分の知らない人生を送りたいのだとわかった。そして、もしうまくいかなかったら、がっかりするだろうなと思った。でも、そんなことは二の次で、きみなしには努力する価値さえないんだ。僕はきみの最初の夫ではない、フェイ。僕は僕で、プリモなんだ。だから僕がどれだけきみを愛しているか、それを示す機会を与えられるべきなんだ。きみだけに」

プリモが行ってしまうと、フェイの胸は風船のようにぺしゃんこにしぼんだ。彼が持ってきた包みに目をやり、歩いていってそれを持ちあげると、包装紙を取った。ララ・ロペスの絵だ。

フェイはその絵を棚の上に置いて眺めた。絵はフェイの心を直撃した。すべてが混然となって、そこにはあった。人生そのものだ。あらゆる苦痛、悲嘆、苦悶《くもん》、激情。でも同時に、人々を日々奮い立たせるエネルギーと、尽きることのない希望も感じられる。自分以外のものへの信頼も。そしてようやくフェイは初めてそれを見た。愛だ。それは大きく、心を震わせ、声高に求め、傷心を抱かせる。でも、それはそこにあった。鼓動する心臓のように。決してあきらめず、希望を失わず、努力を重ね、失敗することもある。立ちあがってまた挑む。もっとよくなればいい。信じることだ。

フェイはプリモを愛している。何よりも。フェイが子供を産めず、いつの日か彼が立ち去ってしまうのではないかという、そんな不安よりも、もっと。

ドアにノックの音がして、フェイは振り向いた。心臓が胸郭をたたいている。それと同時にプリモではないだろうと思いあたった。なぜなら彼はノックなどしないからだ。するとアシスタントが現れて、メモを手渡した。「プリモが帰る直前にこれを書いて、あなたに渡すように言づかりました」

折りたたまれた紙片で、フェイはそれを開いた。

きみはこの絵よりもっと勇敢だろう。

愛している。

P（きみの夫）

その夜、プリモはマンハッタンの高級レストランで、三人の男たちとテーブルを囲んでいた。退屈でたまらない。よくもこう長い時間、我慢していられたものだ。彼はネクタイを緩め、ジャケットを脱ぎ捨てたかった。テーブルをひっくり返し、皿やグラスをたたき割り、自分の内にある苦しみを皆に見せ、わかってもらいたかった。過去にひどく傷ついた女性を愛することの苦しみを――。

ポケットの中で携帯電話が振動し、彼はそれを取り出した。メールだ。フェイからだ。

プリモは血が騒ぐ興奮を覚え、まるでティーンエイジャーのような気分だった。

〈あなたの言うとおり。私は勇敢よ〉

プリモは天を仰ぎ、存在するすべての神に感謝の言葉を贈った。彼はメールを返した。

〈きみは僕が知る誰よりも勇敢だ〉

〈私はすごいわよ〉

〈そうとも〉

〈ほら、ネクタイを外して。みんな気にしないわ〉

アドレナリンがプリモの体に満ちてきた。彼女がここにいる。彼は左のほうを見た。〈はずれ〉

プリモは右のほうを見た。〈近づいてる〉

プリモは辺りを見まわし、後方を見ると、フェイがいた。背中を向けていたが、壁にかかった大きな鏡があり、そこに映った彼を見つめている。

髪はおろしていた。またあのドレスを着ている。スパンコールのついたドレスだ。彼女は独りでいる。そしてプリモはその瞬間、彼女が独りでいることはもう二度とないと心に誓った。

彼はテーブルから立ちあがり、こう言った。「諸君、ちょっと失礼していいかな？　あそこに話してみたい、はるかにもっと面白くて美しい女性を見つけたものでね」

そして彼はその場を離れ、妻と一緒の席に着いた。

エピローグ

初めて一緒に飲みに誘ってから一年後、プリモはフェイに古びた大きな鍵を渡した。大西洋から吹いてくるさわやかな風に髪をなびかせながら、フェイはプリモを見つめた。そして城を見た。おとぎ話に出てくる、魔法のようなアイルランドの城だ。

「何なの、プリモ？」フェイは不審げに尋ねた。

「僕たちの最初の記念日だよ。この城は僕からきみへの贈り物だ」

フェイは口に手をあて、ショックと喜びで、困惑ぎみに笑い声をこぼした。「あなたが買ったの？」

プリモはうなずいた。満面の笑みを浮かべている。

フェイは首を振った。「こんな贅沢《ぜいたく》な贈り物……

見たことがない――」

プリモは彼女の言葉を口でさえぎった――彼のお気に入りのキスで。フェイはキスにとろけ、彼の首に腕をまわした。ロマンスや愛を信じないと公言していた男が、今では地球上で最もロマンティックな男になり、フェイに毎日どんなに愛しているか伝えるようになった。フェイが彼にいつもそうしているように。

二人が離れると、フェイは夢見るように彼を見た。「あなたは恋する愚か者よ――わかってる?」

プリモは顔をしかめた。「悪いことみたいに言うんだな」

プリモがフェイを抱きあげると、彼女はしがみつき、彼はドアまで歩いて、身をかがめて鍵でドアを開けた。二人は中に入った。応接間には薪《まき》が積まれ、暖炉の炎が明るく燃えていた。

家政婦が現れ、プリモはフェイをおろした。「キャスリーンは城に残ることに同意してくれた」彼は言った。「彼女は夫と近くに住んでいて、長年この城を守ってきてくれたんだ」

フェイは彼女の手を握った。「ありがとう、キャスリーン」

女性はほほ笑んだ。「ここにご家族で来てくれてうれしいですよ……ずいぶんと久しぶりですもの」

かつては、その何でもない言葉がフェイを苦しめた。だが今、彼女とプリモは顔を見合わせ、秘密のほほ笑みを分かち合った。この半年で、フェイの卵子とプリモの精子で五つの受精卵を作り出すことができた。そして、ちょうどふさわしい代理母が決まったとの知らせを受けたところだった。移植のプロセスが――最初は二つを試みる――もうすぐ始まる予定だった。

家族を持つ望みがかなうようにと願う理由はいくらでもあったが、たとえかなわなかったとしても、フェイは自分たちなら大丈夫だとわかっていた。なぜなら二人の生活はフェイが夢見た以上に豊かで充実していたからだ。二人の愛は強く深く、真の愛情でしっかりと根を張っていた。

たとえ血縁でなくても、この場所に再び家族が集う。というのもフェイは、もう家族であり親友ともなったクウィンとセイディたちをこの城に迎えるところが、今にも目に見えるようだったからだ。

そしてついに、おとぎ話のお城に甥《おい》や姪《めい》たちの声だけでなく、それ以上の声が響くようになった。記念日にこの城へやってきてからほんの九カ月あまりで、彼らのすばらしい、驚くべき代理母が双子の男の子を出産したからだ。カラムとマックスだ。

さらに二年後、代理母は娘を出産した。娘はホープと名づけられた。

なぜならフェイとプリモは希望《ホープ》を持って決してあきらめず、自分たちが持てるものを失うまいとしたからだ。もうこれで十分だった。二人には今、すべてが与えられた。そして二人は一瞬たりとも、これを当然のことと思ったりはしなかった。

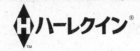

大富豪の完璧な花嫁選び
2025年5月5日発行

著　者	アビー・グリーン
訳　者	加納亜依（かのう　あい）
発行人	鈴木幸辰
発行所	株式会社ハーパーコリンズ・ジャパン
	東京都千代田区大手町 1-5-1
	電話 04-2951-2000（注文）
	0570-008091（読者ｻｰﾋﾞｽ係）
印刷・製本	中央精版印刷株式会社

ISBN978-4-596-72793-0 C0297

◆◆◆◆ ハーレクイン・シリーズ 5月5日刊 発売中

ハーレクイン・ロマンス 愛の激しさを知る

大富豪の完璧な花嫁選び	アビー・グリーン／加納亜依 訳	R-3965
富豪と別れるまでの九カ月 《純潔のシンデレラ》	ジュリア・ジェイムズ／久保奈緒実 訳	R-3966
愛という名の足枷 《伝説の名作選》	アン・メイザー／深山　咲 訳	R-3967
秘書の報われぬ夢 《伝説の名作選》	キム・ローレンス／茅野久枝 訳	R-3968

ハーレクイン・イマージュ ピュアな思いに満たされる

愛を宿したよるべなき聖母	エイミー・ラッタン／松島なお子 訳	I-2849
結婚代理人 《至福の名作選》	イザベル・ディックス／三好陽子 訳	I-2850

ハーレクイン・マスターピース 世界に愛された作家たち ～永久不滅の銘作コレクション～

伯爵家の呪い 《キャロル・モーティマー・コレクション》	キャロル・モーティマー／水月　遙 訳	MP-117

ハーレクイン・ヒストリカル・スペシャル 華やかなりし時代へ誘う

小さな尼僧とバイキングの恋	ルーシー・モリス／高山　恵 訳	PHS-350
仮面舞踏会は公爵と	ジョアンナ・メイトランド／江田さだえ 訳	PHS-351

ハーレクイン・プレゼンツ作家シリーズ別冊 魅惑のテーマが光る極上セレクション

捨てられた令嬢 《ハーレクイン・ロマンス・タイムマシン》	エッシー・サマーズ／堺谷ますみ 訳	PB-408

※予告なく発売日・刊行タイトルが変更になる場合がございます。ご了承ください。

5月14日発売 ハーレクイン・シリーズ 5月20日刊

ハーレクイン・ロマンス
愛の激しさを知る

赤毛の身代わりシンデレラ	リン・グレアム／西江璃子 訳	R-3969
乙女が宿した真夏の夜の夢〈大富豪の花嫁にⅡ〉	ジャッキー・アシェンデン／雪美月志音 訳	R-3970
拾われた男装の花嫁《伝説の名作選》	メイシー・イエーツ／藤村華奈美 訳	R-3971
夫を忘れた花嫁《伝説の名作選》	ケイ・ソープ／深山　咲 訳	R-3972

ハーレクイン・イマージュ
ピュアな思いに満たされる

あの夜の授かりもの	トレイシー・ダグラス／知花　凜 訳	I-2851
睡蓮のささやき《至福の名作選》	ヴァイオレット・ウィンズピア／松本果蓮 訳	I-2852

ハーレクイン・マスターピース
世界に愛された作家たち
～永久不滅の銘作コレクション～

涙色のほほえみ《ベティ・ニールズ・コレクション》	ベティ・ニールズ／水月　遙 訳	MP-118

ハーレクイン・プレゼンツ作家シリーズ別冊
魅惑のテーマが光る
極上セレクション

狙われた無垢な薔薇《リン・グレアム・ベスト・セレクション》	リン・グレアム／朝戸まり 訳	PB-409

ハーレクイン・スペシャル・アンソロジー
小さな愛のドラマを花束にして…

秘密の天使を抱いて《スター作家傑作選》	ダイアナ・パーマー 他／琴葉かいら 他 訳	HPA-70

文庫サイズ作品のご案内

◆ハーレクイン文庫・・・・・・・・・・・・毎月1日刊行
◆ハーレクインSP文庫・・・・・・・・・・・毎月15日刊行
◆mirabooks・・・・・・・・・・・・・・・・毎月15日刊行

※文庫コーナーでお求めください。

“ハーレクイン”の話題の文庫
毎月4点刊行、お手ごろ文庫！

4月刊 好評発売中！

ダイアナ・パーマー傑作選 **第2弾！**

『あなたにすべてを』
ダイアナ・パーマー

仕事のために、ガビーは憧れの上司J・Dと恋人のふりをすることになった。指一本触れない約束だったのに甘いキスをされて、彼女は胸の高鳴りを抑えられない。

（新書 初版：L-764）

『ばら咲く季節に』
ベティ・ニールズ

フローレンスは、フィッツギボン医師のもとで働き始める。堅物のフィッツギボンに惹かれていくが、彼はまるで無関心。ところがある日、食事に誘われて…。

（新書 初版：R-1059）

『昨日の影』
ヘレン・ビアンチン

ナタリーは実業家ライアンと電撃結婚するが、幸せは長く続かなかった。別離から3年後、父の医療費の援助を頼むと、夫は代わりに娘と、彼女の体を求めて…。

（新書 初版：R-411）

『愛のアルバム』
シャーロット・ラム

19歳の夏、突然、恋人フレーザーが親友と結婚してしまった。それから8年、親友が溺死したという悲報がニコルの元に届き、哀しい秘密がひもとかれてゆく。

（新書 初版：R-424）

※ハーレクインSP文庫は文庫コーナーでお求めください。